KB020469

DREAMBOOKS

DREAMBOOKS

DREAMBOOKS★

DREAMBOOKS★

루비와 황금저울

1

렘넌트 판타지 장편소설

ORIGINAL FANTASY STORY &ADVENTURE

루비와 황금저울 1

초판 1쇄 인쇄 2017년 8월 23일
초판 1쇄 발행 2017년 9월 4일

지은이 렘넌트
발행인 오영배
기획 박성인
책임편집 편집부
디자인 권지연
제작 조하늬

펴낸 곳 (주)삼양출판사 · 드림북스
주소 서울시 강북구 도봉로 173
대표 전화 02-980-2112 **팩스** 02-983-0660
편집부 전화 02-980-2116 **팩스** 02-983-8201
블로그 blog.naver.com/dreambookss
출판등록 1999년 3월 11일 제9-00046호

© 렘넌트, 2016

ISBN 979-11-313-0667-3 (04810) / 979-11-313-0666-6 (세트)

+ (주)삼양출판사 · 드림북스의 서면 허락 없이는 어떠한 형태나 수단으로도 이 책의 내용을 이용하지 못합니다.
+ 지은이와 협의하에 인지는 생략합니다. 잘못된 책은 구입한 곳에서 바꾸어 드립니다.
+ 이 도서의 국립중앙도서관 출판시도서목록(CIP)은 서지정보유통지원시스템홈페이지(http://seoji.nl.go.kr)와 국가자료공동목록시스템(http://www.nl.go.kr/kolisnet)에서 이용하실 수 있습니다. (CIP제어번호: 2017020326)

드림북스는 (주)삼양출판사의 판타지 · 무협 문학 브랜드입니다.

루비와 황금저울

1

렘넌트 판타지 장편소설

ORIGINAL FANTASY STORY &ADVENTURE

dream books
드림북스

Contents

Chapter 1.
검은 상인

성력 2001년.

바다의 지배자.

해적의 왕으로 불리는 모건.

아들을 찾기 위해 밤낮으로 달려온 모건은 결국 편지에 적혀 있는 마을에 도착했다. 그러나 눈앞에 벌어진 광경을 보며 아무런 말도 하지 못했다.

마을에 생기라고는 도무지 찾아볼 수가 없었다.

얼마나 많은 사람들이 죽었는지 땅에는 아직까지 핏물이 흐르고 사방이 시체 썩는 냄새로 진동한다.

그 사이에 쓰러져 있는 흰 아이.

"아……빠?"

아이의 입에서 작지만 맑은 목소리가 들렸다.

신기했다. 단지 짧은 단어 하나만을 들었을 뿐인데…… 알 수 없는 감정이 밀려들었다.

모건은 아이를 감싸 안았다.

"그래, 내가 아빠란다. 견디느라 힘들진…… 윽!"

최대한 인자한 표정으로 아이의 얼굴을 바라보던 모건은 갑작스러운 복부의 고통에 인상을 찌푸렸다.

"마스터! 괘, 괜찮으십니까?"

"오지 말게!"

"하, 하지만!"

옆에 있던 블라디우스가 입을 떡 벌리며 경악한 표정으로 다가오려 했으나 모건은 손을 뻗어 그의 접근을 막았다.

"자네도 자식을 가져 보시게. 이게 자식을 가진 부모의 아픔 아니겠나. 여기는 나에게 맡기고 마을을 초토화시킨 놈들의 정체에 대해서나 알아보시게."

자식을 만난 기쁨 때문일까? 모건은 극심한 고통을 참고 온화한 표정을 유지했다.

"그게 아니라 캡틴 배에서 피가……."

평소에 감정을 잘 드러내지 않기로 유명한 블라디우스의 심각한 표정에 모건은 황급히 자신의 배를 살펴보았다.

모건의 가죽조끼 한가운데 꽂혀 있는 단검. 그 사이로 피가 철철 흐르고 있었다.

하지만 그래도 모건은 웃고 있었다.

"아들! 첫 인사치고 너무 과한 거 아니냐?"

모건은 더 깊숙이 찌르려고 힘을 주는 자식의 손을 오른손으로 붙잡았다.

그러나 곧이어 울려 퍼지는 자식의 목소리.

"엄마 살려 내! 당신만 기다리다가 죽은 엄마를 살려 내란 말이야!"

소년의 손을 잡고 있던 모건의 손가락이 스르르 풀렸다.

*　　*　　*

노틸러스 제국과 다인 왕국, 윌슨 왕국이 속한 연합군 소속의 귀족들과 상인들이 힘을 합쳐 북쪽을 통일한 진 제국의 침략에 맞서 싸운 지 20년.

비록 영토는 지켜냈지만, 전통적인 강자였던 귀족과 신흥 세력으로 떠오른 상인 집단의 갈등은 더욱 깊어지고 있었다. 진 제국과 연합군 간의 평화 협상 테이블에서 상인들의 기여도와 보상 문제가 철저히 배재되었기 때문이다.

대륙전쟁을 통해 20년간 이어졌던 연합군 귀족들과 상

인들의 실낱같은 신뢰는 서서히 무너지고 있었다.

성력 2015년.

진 제국과 남쪽 연합군의 최대 격전지로 불리는 아스테리아 대륙 중앙에 위치한 로하강 상류의 연합군 사령부.

이곳의 출입을 책임지는 베일 준남작은 검은 로브로 전신을 가린 남자와 마주하고 있었다.

“제가 마지막인가요?”

“그렇다네. 다른 상인들은 이틀 전에 모두 떠났네. 인정머리 없게도 평화 협상이 시작되자마자 물 빠지듯이 빠져나가더군.”

“더 이상 여기에서는 돈 냄새가 나지 않는다고 판단했기 때문이지요. 상인의 발걸음은 돈 냄새를 향한다고 하지 않습니까?”

“쳇. 마음에 들지 않아. 그건 그렇고 예전에 부탁했던 것은?”

“어렵게 구할 수 있었습니다.”

“역시 검은 상인이군. 이것으로 우리의 은밀했던 거래도 마지막이 되겠군.”

“후후. 과연 그럴까요? 만났다가도 헤어지고, 잊을 만하면 다시 만나는 게 인생이 아닐까 싶습니다만.”

베일 준남작은 눈앞의 인물을 보며 깊은 한숨을 내쉬었다.

5년 전, 검은 상인은 연합군 보급을 책임지는 켈로스 남작의 손을 잡고 나타났다.

처음에는 무시를 했다. 검은 로브를 뒤집어쓴 꼬마 놈이 뭘 할 수 있겠냐는 생각에서였다. 부잣집 도련님이 넘쳐 나는 시간을 주체할 길이 없어 온 것이라 여겼다.

그러나 15살짜리 꼬마가 전쟁터에서 벌인 행각은 충격을 넘어 공포에 가까운 수준이었다.

가족을 그리워하는 병사들에게 1실버짜리 편지지를 1골드에 판매한 사건은 약과에 불과했다.

포로로 잡힌 켈로스 남작을 구하기 위해 진 제국을 상대로 사기 친 사건은 휴전 분위기의 전쟁터를 일촉즉발의 상황까지 끌고 갔다.

결국 위 사건들의 주모자로 지목되어 상행위가 금지된 검은 상인이 선택한 세 번째 수단은 사채.

시작은 전쟁터에서 대형 상단의 덤핑 공세에 경쟁력을 잃은 중소 상단부터였다. 연합군의 징계로 상행위를 할 수 없던 검은 상인은 중소 상단의 지분을 담보로 돈놀이를 시작했다.

그런데 시간이 지날수록 검은 상인의 고객은 상난을 넘

어 사령부의 장군과 귀족 장교까지 확장되었다.

1년 뒤, 검은 상인의 영향력은 사채 이자율 조정을 미끼로 운송 독점권을 확보할 정도로 커졌다. 결국 사태의 심각성을 파악한 연합군 사령부에서는 검은 상인을 견제하기 위해 일체의 금전 거래를 금지했다.

대형 상단주들의 항의에 연합군 사령부까지 상거래에 관여하였지만 검은 상인의 영향력은 전혀 줄지 않았다. 검은 상인이 기침을 하면 연합군이 몸살을 앓는다는 소문까지 있을 정도로 그가 전쟁 물가에 미치는 영향력은 절대적이었다.

대부분의 병사들은 그것이 전부 뜬소문이라 여겼다. 한 번도 검은 상인이 전면에 나선 적이 없어서다.

'저러면서도 단 한 번도 양지로 얼굴을 드러낸 적이 없으니 신기한 일이지.'

검은 상인을 경계하거나 질투하는 인간들이 많을 텐데도 그가 여태 잘 버틸 수 있었던 이유는 검은 로브 뒤에 감춰진 치밀함이 있었기 때문이다.

"일단 물건을 봤으면 하네만?"

"여기 있습니다."

검은 로브의 남자는 오늘의 거래를 위해 준비한 물건을 허리춤에서 풀어 공손히 베일 준남작 앞에 내려놓았다.

"이것이 바로 사라진 나비아 왕국 드워프들이 만들어 낸 명검인가!"

강철만큼 단단하다는 신목(神木)으로 만들어진 검집과 드래곤이 살아 움직일 만큼 정밀하게 음각 처리된 은빛 검날.

베일 준남작은 드워프가 만든 명검에 혼이 빠졌다. 그의 손이 저절로 검 손잡이에 다가갔다.

하지만 '탁!' 하고 하얀 손이 베일 준남작의 손길을 막았다. 베일 준남작의 황홀감이 단번에 깨지고 말았다.

"가는 게 있으면 오는 게 있어야 하는 것 아닙니까? 그쪽 물건도 봤으면 합니다만."

"하아! 정말이지 자네는……! 되었네, 되었어. 여기 있네. 받아 가게."

베일 준남작은 눈살을 찌푸리더니 품에서 뭔가를 던졌다. 아주 오래된 가죽을 둘둘 말아 놓은 뭉치와 고급스러운 봉투다. 검은 상인은 그것을 아주 능숙하게 낚아채어 가죽 뭉치를 조심스럽게 살펴보았다. 곱게 돌돌 말려 끈으로 고정된 양피지다.

검은 상인은 끈을 풀어 지금은 사용하지 않는 고대 문자들을 필기체로 갈겨 놓은 내용을 훑어보았다. 그러더니 가볍게 고개를 끄덕이며 다시 말아 자신의 품으로 집어넣었다.

켈로스 남작이 약속한 물품이 틀림없다.

"물건 확인했습니다."

"그런 쓸데없는 것을 왜 필요로 하는지는 모르겠지만…… 잘 쓰게. 몰래 빼돌리느라 얼마나 힘들었는지 아는가?"

검은 상인이 요구한 것은 겉으로 보기에 수백 년은 넘어 보이는 허름한 양피지다. 이 물건의 출처는 연합군과의 전투에서 패한 진 제국군의 총사령관 게일스 공작의 막사였다. 워낙 거물의 막사에서 나온 물건이기에 베일 남작은 검은 상인에게 오만 가지 생색을 내었다.

베일 준남작이 건넨 또 하나의 물건.

고급스러운 봉투 속에 들어 있는 것은 소개장이다. 검은 상인이 제국으로 돌아가 사업을 시작할 때 도움을 받아야 할 귀족들의 붉은 인장이 제법 많이 찍혀 있었다.

"우리 건 두 갠데, 자네는 하나밖에 주지 않으니 손해 보는 것 같네."

"무를까요? 이 검을 경매로 내놓으면 제국에서 10만 골드는 족히 받을 것 같은데."

"하하하. 자네에게는 농담 하나 통하지 않는군. 이미 거래는 끝났네. 상인이 한 입으로 두말하진 않겠지?"

혹시나 콩고물이라도 떨어질까 운을 띄워 보았던 베일 준남작은 검은 상인의 마음이 바뀔까 얼른 검을 뒤쪽으로 숨겼다.

베일 준남작이 보기에 출처도 불분명한 낡아 빠진 양피

지와 기사라면 눈에 불을 켜고 구하려는 진 제국 드워프제 명검의 가치는 비교 불가였다.

"다음에 뵙겠습니다."

"다시는 안 만났으면 하는군. 자네를 만날 때마다 심장이 남아나야 말이지."

"칭찬으로 받아들이겠습니다. 다음에 뵙지요."

거래를 마친 검은 상인은 몸을 돌려 입구를 향해 걸어갔다.

"잠시만 기다리게."

베일 준남작이 갑자기 검은 상인의 로브 끝자락을 붙잡았다.

"전쟁도 끝났으니 자네의 정체에 대해 물어봐도 되겠는가? 아무리 여쭤 보아도 켈로스 남작님이 영 말씀을 안 해주셔서 말이지."

검은 상인의 모습이 어둠 속으로 사라지며 한 줄기의 음성이 베일 준남작의 몸을 휘감았다.

"아카드. 메디아 가문의 후계자 아카드입니다."

"설……마! 소문으로만 떠돌던 해적왕의 아들?!"

* * *

검은 상인 아카드가 연합군 사령부에서 거래를 끝낸 후 도착한 곳은 도보로 한 시간 거리에 있는 로하강 상류.

무성한 수풀 사이를 뚫고 강기슭에 도착한 아카드의 눈에 거대한 갤리선 한 대가 보였다. 아무런 깃발도 없이 온통 검은색으로 칠한 갤리선은 강 한가운데에서 조금의 움직임도 보이지 않았다.

"마스터. 아주! 엄청! 많이! 늦으셨습니다."

조금 떨어진 강가에서 소형 보트를 지키고 있던 청년 하나가 다가왔다. 수풀을 거칠게 밟으며 씩씩거리는 모습이 화가 난 표정이다.

"한 시간밖에 늦지 않은 것 같은데 불만이라도 있나?"

"설마요. 한 시간이면 제가 한 달 분량의 거래장을 정리할 수 있고, 한 해의 제국 정치 상황을 요약할 수도 있으며, 이번에 새로 발간된 '공주의 은밀한 사생활'을 다 읽고 독후감도 쓸 수 있는…… 읍!"

아카드 앞에서 절대 해서는 안 될 말을 내뱉은 청년은 갑자기 양손으로 입을 막았다. '아차!' 하면서 자신도 놀란 표정이다.

"아직도 야설 모으나?"

"헤헤헤. 야설이라니요. 약간의 선정성이 있지만 사랑과 아픔을 품고 있는 예술적인 소설이라고요."

야설이라는 말에 허리를 세운 청년의 표정에 불만이 가득하다. 하지만 아카드의 표정이 차가워지는 것을 보자 급히 자신의 태도를 바꿨다.

"하지만 저는 보지 않고 있지요. 이미 졸업한 지 오래라고요."

"믿어도 돼?"

아카드는 날카로운 눈초리로 청년을 노려보았다. 영 믿지 않는 눈치다.

"좀 믿고 삽시다. 서로 믿고 의지하는 주종 관계, 좋지 않습니까?"

아카드는 고개를 저으며 작은 보트를 향해 천천히 걸어갔다.

청년의 이름은 토마스.

웨이브진 갈색 머리카락에 165cm의 작은 체구. 곱상한 외모에 둥근 안경을 낀 장난기 많은 눈매는 여자라면 누구나 안아 주고 싶을 만큼 귀여운 분위기를 자아내고 있었다.

월슨 왕국의 귀족 출신으로 노틸러스 제국 아카데미에서 정치학을 전공해 수석으로 졸업한 천재였다.

그는 3년 전, 남대륙 동쪽에 위치한 월슨 왕국의 역모 사건에 휘말려 죄수의 신분으로 전장에 끌려왔다.

역모 죄인인 토마스가 배치된 곳은 사망자가 속출한다는

최전방의 정찰대. 전투 중에 진 제국의 화살에 맞아 죽기 직전 아카드를 만나면서 제2의 삶이 시작되었다.

아카드에 의해 사망 처리 된 토마스는 전쟁터에서 모습을 감췄다. 이후 아카드 곁에서 충실한 오른팔이 되어 지금의 검은 상인을 만드는 데 일조한 일등 공신이다.

"마스터! 같이 가요!"

토마스는 보트에 올라타는 아카드의 뒤를 향해 헐레벌떡 뛰어갔다.

두 사람이 갤리선 지하에 마련된 선실로 들어오자 10명 정도 머물 수 있는 공간이 펼쳐졌다.

중앙에는 커다란 난로가, 벽 쪽으로는 식탁과 침대, 식량과 포도주가 들어 있는 포대들이 가지런히 놓여 있다.

"베일 그 늙은 여우와의 거래는 잘 끝나셨습니까요? 꽤 오래 걸릴 줄 알았는데."

"잊어. 모르는 게 약이야."

"네, 넵!"

마스터의 의도를 눈치챈 토마스는 군말 없이 관심을 접었다. '은밀한 거래는 아는 사람이 적을수록 좋다'는 사실을 역모 사건을 통해서 누구보다 잘 알고 있기 때문이다.

아카드는 아늑한 공기에 긴장이 풀렸는지 로브의 모자를

뒤로 넘겼다.

검은 머리카락에 솜털도 가시지 않은 뽀얀 피부의 앳된 얼굴이 서서히 드러났다.

토마스의 귀여운 외모와는 달리 퇴폐적인 분위기를 풍기게 만드는 것은 아카드의 눈동자. 남대륙에서 찾아보기 힘든 검은 눈동자를 바라보고 있으면 끝없는 깊은 수렁에 빨려 들어가는 느낌을 받는다.

검은 머리카락과 검은 눈동자는 지난 몇 년 동안 검은 상인, 즉 아카드를 두고 수많은 소문들이 떠돌게 만든 원인이었다.

남대륙 사람들에게 검은 머리카락과 검은 눈동자는 동화 속 마왕 같은 이미지로 비춰졌다.

'검은 상인의 얼굴을 본 사람은 모두 죽었다.'

'검은 상인은 돈을 갚지 않고 죽은 사람의 시체를 흑마법사에게 팔아넘긴다.'

'검은 상인의 악명은 진 제국에서 악마로 불리는 암살부대조차 탈영할 정도로 잔인하다.'

'검은 상인은 흡혈족의 후손이다. 그래서 낮에는 햇빛을 피해 항상 로브로 몸을 가린다.'

이런 소문들을 만들어 낸 장본인이 바로 토마스였다. 그는 전쟁터에서 악명이 높으면 높을수록 생존할 확률이 올라간다고 믿었다.

전쟁터만큼 미신과 소문이 잘 통하는 곳은 없다고 확신했기 때문이다.

"거래 내역 적혀 있는 장부 가져와."

아카드의 얼굴을 뚫어지게 바라보던 토마스가 재빨리 검은색 장부 하나를 들고 왔다.

토마스는 장부를 하나하나 넘기며 보고하기 시작했다.

"마스터 가문의 총집사 블라디우스 님에게 마스터의 지시사항 및 통장과 대리인 증명서를 빠짐없이 전달했습니다."

"별말은 없고?"

"전쟁이 끝난 이후라 제국은행의 계좌 감시가 강화되었다고 말씀하시더군요. 마스터가 전쟁에서 벌어들인 자금을 분산해 놓았던 차명 계좌에서 돈 찾는 데 애먹는 모양입니다."

"지금 어느 정도 진행됐지?"

"대충 95% 정도는 현물로 바꿔 놓은 상태입니다."

"음…… 그렇군."

아카드는 천천히 눈을 감았다.

어떤 결정을 내릴 때마다 나타나는 습관이다. 토마스는 마스터가 조용히 생각할 수 있도록 입을 다물었다.

"토마스, 우리한테 지분을 담보로 잡힌 상단이 노틸러스 제국에서 활동하는 상단을 제외하면 얼마나 되지?"

"동쪽 윌슨 왕국에 12개 상단, 서쪽 다인 왕국에 10개 상단, 나머지 공국에 3개 상단. 총 25상단 정도입니다."

"그럼 당장 그 상단들에 연락해서 현금화하지 못한 차명 계좌를 그쪽 사채시장에 풀도록 지시해."

"네? 그게 무슨 말씀이세요? 사채시장에 할인 가격으로 내놓을 생각이세요?"

토마스는 눈을 크게 뜨고 되물었다.

사채시장에 할인 가격으로 팔게 되면 액면가보다 적게는 3할, 많게는 5할까지 손해를 봐야 한다.

"손해 보면서까지 서둘러야 하나요?"

"화폐 실명제가 실시될 거야. 제국은행 놈들한테 눈뜨고 다 뺏길 수는 없지. 다소 손해를 보더라도 건질 수 있는 건 다 건져."

화폐 실명제.

전쟁으로 인해 무분별하게 남발한 화폐를 회수하기 위해 제국은행에서 추진하고 있는 법안이다. 명분은 전쟁으로 인해 폭등한 물가를 안정시키고, 음지에 퍼져 있는 블랙마켓을 양지로 끌어올리기 위해서라고 발표했다.

그러나 이면에는 다른 뜻이 숨겨져 있었다.

작게는 중소 상인의 몰락, 크게는 대지주들인 귀족 세력 약화에 목적이 있었다.

"마스터, 화폐 실명제가 정말 실시될까요?"

토마스가 울상 짓는 표정으로 마스터를 바라보았다. 뭔가 대형 사고를 쳤을 때 주로 나오는 표정이다.

"전에 한번 이야기했을 텐데. 제국은행에 월급을 집어넣는 어리석은 짓은 하지 말라고."

토마스의 눈망울이 점점 커져간다.

"정말 찾을 수 없나요? 정말?"

"특히 넌 사망 처리가 되어 있어서 방법이 없어. 죽은 놈이 돈을 어떻게 찾아."

털썩!

토마스가 바닥에 주저앉았다.

"내 이천 골드ㅇㅇㅇㅇㅇ!"

토마스는 머리를 쥐어 잡고 고개를 흔들다가 갑자기 마스터의 앞으로 후다닥 기어갔다.

"설마 귀족 놈들이 가만히 있을까요? 세금을 피하려고 재산을 분산시켜 놓은 귀족이 한둘이 아닐 텐데."

"처음에는 반대하겠지. 하지만 시간이 지나면 어떻게 될까?"

반짝거리는 부담스러운 눈으로 아카드를 바라보던 토마스의 눈빛이 점점 흐려졌다.

"탈세 혐의가 무서워서라도 나서지는 못할 거고, 묻어둔

차명 계좌는 고스란히 제국은행 놈들 손아귀에 귀속되겠지요. 귀족들은 비자금을 되찾기 위해서라도 제국은행에 휘둘릴 수밖에 없겠군요."

아카드의 질문에 토마스는 모든 것을 잃은 말투로 대답했다.

'본가에 아쉬운 소리 하면서 목숨을 구한 보람은 있군.'

전문 분야가 아님에도 불구하고 작은 단서만을 가지고 전체를 추론하는 토마스의 모습에 아카드는 흐뭇한 눈빛으로 그를 바라보았다.

그러나 결코 입 밖으로 그 말을 꺼내지 않았다.

토마스의 성격상 당근보다는 채찍질이 효과가 더 좋다는 사실을 누구보다 잘 알고 있기 때문이다.

"뭐해? 나 같으면 똥개마냥 선실을 싸돌아다니며 기웃거리기 전에 이번에 바뀐 장부 한 장이라도 더 살펴볼 텐데 말이지."

"지금 가면 되잖아요. 피 같은 돈이 날아가게 생겼는데 마스터로서 위로는 못 해 줄망정 소리나 지르고."

입술을 삐죽 내밀고 투덜대는 토마스에게 아카드가 작게 중얼거렸다.

"곧 있으면 칼빈이 여기 온다고 하던데, 네가 살아 있는 걸 말해 줄까?"

칼빈은 아카드와 토마스가 있던 정찰 부대의 악명 높기로 유명한 부대장이다. 그는 토마스가 죽은 줄로만 알고 있다.

아카드가 똑똑한 토마스를 유용하게 써먹기 위해 작전 중 사망한 것으로 처리했기 때문이다. 만약 토마스가 아카드 밑에서 편하게 살고 있다는 걸 알게 된다면 당장 죽이러 올 터였다.

"넵! 죄송합니닷! 금방 갑니다요!"

"장부 정리 다 할 때까지 선실 밖으로 나올 생각도 하지 마."

토마스가 힘없이 선실 밖으로 나가자마자 아카드는 문을 닫았다. 이어서 기다렸다는 듯이 품 안에서 낡은 가죽 뭉치를 꺼내 바닥에 펼쳤다.

"이것이 나를 강하게 해 줄 물건이란 말이지?"

아카드는 저주받은 몸을 치료해 줄 유일한 대안을 바라보며 어금니를 깨물었다.

* * *

아카드는 눈살을 찌푸리며 양피지를 바라보았다. 낡아빠진 종이 하나에 모든 것을 걸어야 한다는 것이 못마땅한 표정이다.

대륙 최강이라는 해적왕 모건의 자식으로 태어났지만 특이한 체질로 인해 아카드는 몸 안에 어떠한 기운을 담을 수 없었다.

단전에 기력을 쌓는 기사도, 가슴에 자연의 마나를 담는 마법사도 될 수 없었다. 강자존의 해적 세계에서 강해질 수 없다는 것은 사형선고나 다름없었다.

해적왕 모건은 아들의 문제를 해결하기 위해 몸에 강제로 기력을 부어 보기도 하고, 4대 해적 단장 중 하나인 엘프 마법사를 불러 대마법진을 통해 아들의 체질을 바꿔 보려도 했다.

그러나 결과는 대실패.

아카드의 몸 안에 기운을 저장해 보기 위해 갖은 수단을 다 써 보았지만 구멍 난 풍선에 바람을 넣는 것처럼 술술 빠져나갔다.

지금은 모건 가문의 4대 가신이 된 해적단 4대 단장들이 한곳에 모였다. 해적왕 후계자의 특이체질을 고치기 위해 대륙을 누비던 그들이 내놓은 해결책은 하나였다.

정령사.

몸 안에 기운을 담아 능력을 사용하는 마법사나 기사와 달리 정령사는 몸 안에 기운을 쌓을 필요가 없었다. 정령이 스스로 자연의 기운을 받아 성장하기 때문이다.

해결책이 나왔지만 결정적인 문제가 있었다.

정령사라는 존재는 몇백 년 전에 사라졌다.

고대전쟁에서 흑마법사들에게 대항하던 대부분의 정령사들이 희생되었다. 정령사 자체가 마법에 상극인지라 흑마법사들에게 최우선적으로 집중 공격을 받은 것이다.

뒤늦게 합류한 엘프와 드워프, 흡혈족, 오크의 연합으로 흑마법사들은 몰아냈지만, 승리의 대가로 정령사라는 귀중한 존재는 세상에서 사라졌다.

정령사라는 존재가 마지막으로 기록된 것은 오백 년 전.

최후의 정령사로 알려진 샤피르는 북쪽으로 향했다.

고대전쟁사라는 책에 기록된 이 한 줄 이후로 어떤 역사서에서도 정령사라는 단어를 찾을 수 없었다.

그래서 두 번째 대안으로 나온 것이 정령 소환서.

고대전쟁 이후 몰락의 길을 걸었던 정령사들이 명맥을 잇기 위해 찾아낸 방법이다.

소문에 의하면 재능이 있는 사람은 누구나 정령과 쉽게 계약할 수 있도록 고안한 양피지로, 정령을 소환하는 방법이 적혀 있고 그것을 만든 정령사의 기운을 특수한 방법으로 담은 주문서라고 한다.

"고물 종이 쪼가리에 매달리는 나도 참 우습다."

아카드가 양피지를 보며 씁쓸하게 웃었다.

정령 소환서를 구하기 위해 안 해 본 것이 없다. 골동품 가게와 경매장은 물론이고, 암시장까지 돌아다니며 정령 소환서라고 추정되는 양피지를 사 모았다.

그러나 모두 가짜였다.

대부분 정령사의 일생을 적어 놓은 회고록이거나 비슷하게 흉내 낸 모조품에 불과했다.

그런데도 전쟁터에서 5년간 지내며 또 하나의 양피지를 손에 쥐고 있는 자신을 보니 우습고 허탈하다.

"양피지 하나에 투자한 돈과 시간만 해도 엄청나네. 이번에도 아니면 접자. 정령사는 나와 인연이 아닌 것으로 여기지, 뭐."

아카드는 양피지를 접혀있는 양피지를 폈다.

샤피르의 문

쭈글쭈글한 양피지에 적힌 것은 달랑 한 문장.

오백 년 전 고서 기록에 남아있는 마지막 정령사의 이름이 적혀 있다. 자세히 살펴보면 문자가 쓰였던 흔적들은 있는데 워낙 오래 세월이 흘러 글지를 알아볼 수가 없었다.

"하! 이번에도 가짜인가. 또 샤피르네! 망할 샤피르! 꿈에서도 나오겠다."

지금까지 수집한 양피지 대부분에 샤피르라는 이름이 적혀 있었다. 마지막 정령사이기도 하고 의문사를 당한 비운의 주인공이라 음유시인들도 종종 가사에 넣을 정도로 인기가 좋다.

그래서 이번 양피지는 다른 이름이 적혀 있길 원했다. 양피지 소유자가 진 제국 총사령관이기에 설령 가짜라고 할지라도 뭔가 색다른 정령사의 이름이 적혀 있길 원했는데…… 또 샤피르다.

"비싼 돈 주고 산 걸 버릴 수도 없고. 마지막 시도를 끝으로 지겨운 샤피르와의 악연을 끝내야겠네."

아카드는 허탈한 말투로 중얼거리며 작은 단검을 꺼냈다. 곧바로 단검의 칼날을 자신의 오른 손바닥을 향하게 했다.

그러고는 습관처럼 능숙하게 오른손을 주먹 쥐고 단검을 들고 있는 왼손을 사정없이 당겼다.

아카드가 얼굴을 잠깐 찡그렸다.

곧바로 오른손에 숨겨져 있던 차가운 은빛의 칼날이 피를 머금으며 모습을 드러냈다.

뚝뚝뚝.

주먹을 쥐고 있던 오른손에서 나온 붉은 피가 양피지에

떨어졌다. 붉은색의 액체가 낡은 주름을 타고 천천히 아래로 내려갔다. 낡은 양피지가 점점 붉은색으로 물들면서 빈 공간에 문자들이 모습을 드러냈다.

정령사가 정령을 자신의 몸과 합친다면 드래곤도 이길 수 있다.

전혀 현실성이 없는 문구였다.
"그런 양반이 왜 북쪽에서 의문사를 당했대?"
아카드는 피식 웃으며 글을 읽어 내려갔다.

성력 1515년. 흑마법사를 피해 서쪽 끝으로 피신한 지 20년.

서쪽 밀림지대의 살을 에는 것 같은 습하고 차가운 바람이 장마를 예고하고 있었다. 저녁 명상 시간이 끝나지 않았음에도 나는 이곳을 잠시 벗어나기로 했다. 동굴을 빠져나와 질퍽한 진흙을 밟으며 산꼭대기로 걷기 시작했다. 장마를 예고하는 검은 구름들이 태양을 가리고 숲속의 곤충들이 일제히 울음소리를 토해 내고 있었다.

갑자기 기분 나쁜 축축하고 오싹한 바람이 나의 온몸을 오싹하게 만들었다. 내가 입고 있던 튜닉 속으로 몸을 움츠리고 있을 때, 갑자기 귀에 거슬리는 소리가 들려왔다.

'착각일 거야.' 라고 생각했지만 아침 일찍 깨어날 때부터 나를 덮쳤던 이상하고 불길한 느낌이 사라질 기미를 보이지 않는다. 신경이 점점 날카로워진 나는 기분을 풀기 위해 산 정상으로 향했다.

정상에서 아래를 내려다보면 조금 기분이 풀리지 않을까 싶어 올라왔는데 정령들이 분주해지기 시작했다. 나에게 계속 경고를 보내고 있었다.

빨리 도망치라고!

불길한 예감에 서둘러 산에서 내려와 동굴로 향했다. 거대한 동굴 안에서 나를 반기는 것은 핏자국들. 밖에서 동굴 안을 바라보기만 해도 숨이 막힐 것 같았다.

정령들은 계속 나에게 경고를 보냈다.

절대 들어가지 말라고!

나는 아랑곳하지 않고 비좁은 통로와 끝없는 어둠 속을 걸어갈 수밖에 없었다. 내 유일한 가족인 스승님이 있기에 발걸음을 멈출 수가 없었다.

안으로 들어갈수록 핏자국은 점점 시냇물처럼 흘러내렸고 나의 발걸음도 점점 빨라졌다.

'설마. 절대 아닐 거야.'

정령들과 본능이 소리치는 경고를 무시하고 내 다리를 재촉하여 스승님의 방에 도착했을 때, 상상도 할 수 없었던 장면이 눈앞에 펼쳐졌다.

스승님의 두 눈에는 쇠말뚝이 하나씩 꽂혀 있었고, 심장에는 손잡이에 블랙 드래곤의 모양이 음각으로 새겨진 단검이 꽂혀 있었다.

무너지는 가슴을 부여잡으며 동굴 벽을 바라봤을 때 나는 공포의 도가니에 빠져들었다.

'암흑사제 그로울리.

위대한 분의 계획을 방해한 혐의로 마지막 정령사를 이곳에서 심판한다.'

나는 얼어붙고 말았다. 그로울리? 어둠의 사도 중 악마 소환사인 흑마법사! 그들이 우리를 어떻게 찾아냈단 말인가?

수백 년간 그들을 피했다고 생각했는데...... 그들이 스승님을 다시 찾아낸 것이다.

엄청난 분노가 일어났다. 슬픔과 좌절 따위에 할애할 시간조차 없었다. 당장이라도 그들의 피로 스승님의 원한을 풀어야 속이 풀릴 것 같았다.

하지만 나에게는 힘이 없다. 아직 나의 네 정령들은 겨우 중급에 들어선 상태고 이 상태로 암흑사제와 마주치면 무조건

죽는다.

곧 있으면 그들은 나의 존재를 알아챌 것이다. 내가 그들을 느낄 수 있는 것처럼, 그들도 정령사가 남아 있다는 것을 알아챌 테니.

나는 황급히 일어나 간단한 짐들을 챙겼다. 어디가 가장 안전한 곳일까 생각했다.

수백 년간 그들을 피해 도망쳤지만 어떻게 우리를 찾아냈는지 정령사들은 하나씩 죽어 갔다. 단지 시간의 차이만 있을 뿐이다.

결국에는 모두 그들에게 살해당했다.

나는 무작정 북쪽으로 향했다. 멀리 도망치는 것은 그만두고 악마의 소굴 옆에서 복수할 기회를 찾자는 생각에서다. 정령들이 상급으로 진화하면 열두 사제들은 이길 수 있었을 것 같아서다.

나의 이런 생각은 엄청난 오판이었다. 스승님이 곁에 없었기에 정령들의 성장 속도가 너무 더딘 것이다.

북쪽에서 머문 지 20년. 나의 나이는 120세.

죽을 날은 멀지 않았는데 정령들은 아직까지 중급에 멈춰 있었다.

점점 마음은 초조해지고, 나는 더 이상 기다릴 수 없다는 결론을 내렸다. 죽기 전에 하나의 암흑사제라도 죽이기 위해 떠나야 한다.

삶에 미련도 없고 모든 것을 초월했다고 생각하지만 마음에 걸리는 것이 하나 있었다.

후계자를 키우지 못했다는 것.

내가 죽으면 정령사는 영원히 사라질 것이다.

지금부터 키운다고 해도 족히 20년은 걸릴 터.

그래서 금단의 방법을 쓰기로 결심했다.

흑마법사들의 소환 마법에 나의 정령 계약을 결합한 방법이다.

흑마법사들과 천 년 넘게 상대했기에 소환 마법 정도는 어렵지 않다.

다만 걱정되는 것은 정령의 씨앗을 직접 후계자의 머리에 심어 줄 수는 없다는 점. 과연 인간의 정신력으로 처음 접하는 중급 정령을 감당할 수 있을까?

또 하나는 정령 친화력을 타고나야 한다는 것이다. 벌이 꽃을 향하듯이 친화력이 없으면 나의 마지막 선물은 무용지물이 될 것이다.

하지만 인생이라는 것이 다 그렇지 않나?

될 놈은 되고 안 되는 놈은 무슨 수를 써도 안 된다. 정령사로 하늘이 낙점한 놈이라면 어떻게든 되겠지.

후회는 없다. 그리고 내가 할 수 있는 모든 정수를 이 양피지에 새겨 놓았다.

만약 인연이 되어 내 글을 읽을 수 있는 후계자가 나온다면 반드시 기억하라.

어둠 속에서 너를 노리는 열두 사제를…….

그들은 네가 어디에 있든지 반드시 찾아낼 것이다.

힘을 길러라. 힘을 기르는 방법은…….

아카드는 한참 읽다가 양피지를 바닥에 내동댕이쳤다.

"요즘은 가짜도 꽤 정교하네. 블랙 드래곤이 각인된 단검 부분에서 깜박하면 속아 넘어갈 뻔 했잖아."

아카드는 침대에 몸을 던져 천장을 바라보았다. 이번에는 다를 것이라고 기대를 가졌지만 역시나 가짜다.

고서에 나온 것처럼 정령은 소환되지 않았고 연출은 그럴싸한 소설 같은 문장만 나타났다.

"몸으로 강해질 수 없다면 황금으로 복수하자. 황금으로 그들에게 복수할 만큼 강한 사람을 내 밑에 두면 되지 뭐."

아쉬움이 가득했지만 이제는 도리가 없다. 계속 허황된 정령 소환서에만 매달릴 수도 없다.

"최선책이 실패했으니 차선책에 매진해야겠지."

어렸을 때 겪었던 희미한 악몽이 떠올랐다. 몸을 던져 자신을 구한 엄마.

악몽의 시작은 평화로운 마을에 갑자기 들이닥친 검은 갑옷의 기사들로부터 시작되었다. 붉은 말을 타고 온 기사들은 가슴에 블랙 드래곤 문양을 새긴 검은 갑옷을 입고 마을을 불태웠다. 불길에 뛰쳐나오는 사람들은 보이는 족족 롱 소드로 베었다.

인간으로는 차마 할 수 없는 만행을 저지르면서도 그들은 멈추지 않았다.

계속 무언가를 찾는 눈치였다.

"나 때문이야."

아카드의 눈가에 맑은 이슬이 맺혔다.

마을의 거대한 고목나무에 피신해 있던 어린 아카드는 겁에 질려 딸꾹질이 저절로 나왔다. 멈춰 보려고 고사리 같은 두 손으로 막아 보았지만 늦었다.

악마 같은 검은 기사들이 그 소리를 들은 것이다.

엄마는 마법사였던 모양이다.

겁에 질려 고개를 돌린 어린 아카드를 향해 달려오는 검은 기사들을 그녀는 자신의 몸을 불사르며 막았다.

지금도 생생하다.

그의 어머니는 검게 그을려 녹아내리는 몸으로 기어서 아카드에게 다가와 작은 단검을 손에 쥐여 주었다. 그리고 잊을 수 없는 어머니의 마지막 말.

"아빠가 곧 올 거야. 그러니 겁먹지 말고 아빠에게 이 단검을 보여줘야 한다. 알았지? 우리 아들 잘할 수 있지?"

어린 아카드는 울먹거리며 고개를 계속 흔들었다.

엄마의 신체는 그 말을 끝으로 알아보지 못할 정도로 녹아내렸다. 주변에는 온통 검은 기사들의 시체들만 나뒹굴고 있었다.

어린 아카드는 고목나무 밑에서 일곱 번의 해와 달을 지켜보다가 쓰러졌다. 정신을 차려 보니 아버지라는 작자의 품에 안겨 있었다.

"큭큭. 꽤 아프셨을 거야."

아카드는 아버지를 보자마자 악에 받쳐 들고 있던 단검으로 그를 찔렀다. 자신 때문에 엄마가 죽었다는 죄책감과 늦게 온 아버지에 대한 원망이 더해져 폭발해 버린 것 같았다.

그때부터 강해지기 위해 아카드의 피나는 노력이 시작되었다. 지금은 백작 가문의 4대 가신이 된 이들에게 배울 수 있는 것은 모두 배웠다.

검술, 마법, 역사, 고대 언어, 의학 등등…….

그러나 검술과 마법은 도저히 기초 이상 나아가질 못했다. 몸이 받쳐 주지 못한 것이다.

몸에 기운을 쌓아 두질 못하니 남들보다 쉽게 지치고 회복도 느리다.

결국 마지막 희망이라는 정령사에 매달렸지만 결과는 실패.

이제 남은 것은 황금으로 강해지는 수밖에 없었다.

자신은 있었다.

흡혈족인 총집사 블라디우스로부터 배운 지하 경제학과 엘프족인 마리아드 마법단장으로부터 인류의 황금기라고 전해지는 고대 시대의 경제학까지 익혔으니.

다만 자신의 손으로 직접 복수를 할 수 없다는 것이 분할 뿐이다.

멍하게 침대에 누워 있던 아카드가 벌떡 일어났다. 그의 눈빛이 갑자기 날카로워졌다.

"토마스. 이 자식이 설마 내 말을 무시해?"

쓸모없는 양피지 때문에 신경이 날카로워졌는지 바깥의 인기척이 선명하게 느껴졌다.

"장부 정리하라고 시켰더니 아직도 밖에서 뺀질거려? 오늘 기분도 더러운데 인간 하나 잡고 만다."

가짜 정령 소환서 덕분에 짜증이 머리끝까지 올라 있는 아카드가 살짝 열려 있는 문을 향해 걸어갔다. 그러고는 거칠게 문을 열어젖힌다.

"너 이 자식, 장부 정리 다 했어?"

토마스가 큰 목소리에 놀랐는지 황급히 빠져나가려고 했

다.

"이 자식 어딜 도망가려고!"

아카드가 거칠게 손목을 잡아당기자 예상과는 전혀 다른 새하얗고 가냘픈 손목 하나가 잡혔다.

'이 자식 손목이 이렇게 부드럽고 얇았나?'

상대를 거칠게 잡아당기고 보니 가냘픈 체구의 청년이 두려워하는 눈빛으로 아카드를 바라보고 있었다.

160cm 정도는 될까? 남자치고는 작은 아담한 키에 가냘픈 어깨, 검은 띠로 묶은 금발과 금방이라도 울어 버릴 것 같은 큰 눈망울, 갸름한 얼굴에 약간 삐뚤어진 콧수염이 어색했다.

"넌 누구지?"

"당신은 누구시죠?"

처음 보는 두 사람이 마주 보며 동시에 소리를 질렀다.

한편, 선실 바닥에 아무렇게나 뒹굴고 있던 양피지에 신기한 변화가 일어났다.

바람의 중급 정령 실리안은 정령사 샤피르의 유언에 따라 계약을 받아들인다.

불의 중급 정령 라그니스는 정령사 샤피르의 유언에 따라 계약을 받아들인다.

대지의 중급 정령 멀든은 정령사 샤피르의 유언에 따라 계약을 받아들인다.

물의 중급 정령 운다인은 정령사 샤피르의 유언에 따라 계약을 받아들인다.

핏물로 붉게 번진 양피지에서 황금색의 고대어가 모습을 드러냈다.

그리고 잠시 후.

황금색의 고대어가 빛을 잃어 가면서 양피지의 끝이 스르륵 말려 올라간다. 그러다 퍼석 하는 하는 소리와 함께 파도에 휩쓸린 모래성처럼 어디선가 불어온 바람에 먼지가 되어 사라졌다.

나풀거리는 하얀색 린넨 셔츠에 검은 가죽 팬츠를 입은 금발의 청년은 고통스러운 표정으로 소리 질렀다. 무척 당황한 눈빛으로 큰 목소리를 내 보지만, 사슴 같은 눈은 금방이라도 눈물을 왈칵 쏟아 버릴 것처럼 떨리고 있었다.

"당신은 누구시죠? 예의가 없으시군요! 무례하게 남의 팔을 함부로 잡다니!"

"너야말로 누구지? 이 배에서 처음 보는 얼굴인데?"

아카드는 자신의 손에 잡힌 청년을 의심스러운 눈빛으로 바라보았다.

이 배의 선원들 중 아카드를 모르는 사람은 없다. 가문의 가신들 가운데 자신이 특별히 선별한 인원들이기 때문이다. 은밀하게 전쟁 물품을 조달하기 위해 가문에서도 믿을 만하고 알 만한 선원들만 동참시켰다.

대륙전쟁 중에는 군선을 제외한 모든 배의 이동이 금지된다. 아군과 적군을 쉽게 구별하기 위해서다.

아카드가 검은 상인으로 불리며 전쟁터에서 활약할 수 있었던 가장 큰 이유가 이 밀수선이다. 혹시라도 밀수선의 정체가 드러나는 것을 방지하기 위해 아카드는 입이 무거우면서도 야간 항해에 능숙한 남자 선원을 직접 선별했다.

"프랭크!"

프랭크는 이 밀수선의 선장이자 총책임자.

아카드가 배가 떠나갈 만큼 선장 프랭크를 찾았다.

잠시 후, 선장이 선실로 향하는 계단으로 다급히 내려왔다. 전직 모건 해적단 정찰선의 함장 출신으로 야간 항해술이 뛰어나 '바다의 번개'로 불렸던 프랭크는 번개처럼 달려왔다.

암살자라도 쳐들어왔나 하는 마음에 커틀러스를 뽑아 들고 나타난 프랭크 선장은 주변을 두리번거리며 소리쳤다.

"무슨 일이십니까, 공자님! 적이라도 나타난 겁니까?"

"프랭크, 이 이상하게 생긴 물건은 뭐야?"

프랭크는 두리번거리다가 아카드에게 손목이 잡혀 있는 선원을 발견하고는 얼굴이 하얗게 질려 버렸다.

"하. 하. 하! 테디라고, 이번에 물품 구매를 위해 잠시 고용한 임시 선원입니다. 제국 아카데미 학생인데 쥐방울만 한 녀석이 얼마나 야무지고 똑똑한지 상인들도 두 손 두 발 다 들 지경이지요."

프랭크의 웃음소리가 이상할 만큼 어색하다. 평소에 보여주던 화통한 웃음과는 달리 억지웃음 사이에 공백이 있다.

그는 뒤통수를 긁적이며 우락부락한 눈망울로 먼 곳을 응시했다. 아카드와의 시선을 피하겠다는 의도가 엿보인다.

"선장님 말씀을 들으셨으면 이 손 놔주시죠?"

아카드가 프랭크에게 신경 쓰는 사이에 테디라는 청년이 재빨리 그의 손길을 뿌리쳤다. 테디의 새하얀 손목에는 아카드의 손가락 자국이 선명하게 붉은색으로 남아 있다.

"프랭크. 나한테 숨기는 거라도 있나?"

"공자님! 그게 무슨 말씀이십니까? 평생을 메디아 가문에 충성한 바다 사나이 프랭크! 섭섭합니다!"

프랭크는 과장되게 고개를 저으며 펄쩍 뛰었고, 예쁘장하게 생긴 이상한 녀석은 아카드의 시선을 피했다.

'내가 모르는 뭔가가 있어.'

아카드가 의심의 눈초리로 두 사람을 살펴보다가 등을 돌려 책상으로 다가가 가지런히 쌓여 있는 장부 중 하나를 꺼내 펼쳤다.

선원들의 신상에 대해 적혀 있는 노트다.

아카드는 신경질적으로 종이를 넘기다가 테디의 이름을 발견하고는 살펴보았다.

그 모습을 지켜보던 두 사람의 등에는 굵은 땀방울이 흘러내렸다.

절체절명의 위기 상황.

프랭크 선장과 임시 선원 테디는 또다시 고개를 살짝 옆으로 돌려 눈을 마주쳤다.

프랭크는 눈썹뿐만 아니라 코까지 찌푸리며 무언가를 요구했고 테디는 눈을 한 번 깜빡거리는 것으로 대답했다.

'큰일이야! 공자님이 의심하기 시작했어. 왜 여기까지 내려온 거야?'

'걱정 마세요. 절대 들키지 않아요.'

프랭크 선장의 원망 어린 눈빛에 테디는 두 눈을 연속으로 깜박거리며 선장을 안심시켰다.

'무슨 꿍꿍이지? 등 뒤에서 뭔가를 꾸미는 것 같은데…….'

Chapter 2.
초대받지 않은 불청객

아카드는 오늘따라 유난히 이상한 기분이 들었다. 가짜 정령 소환서로 인해 신경이 날카로워서인지 몰라도 두 사람이 몰래 뭔가를 주고받는다는 확신이 들었다.

평소에 없었던 감각이 두 사람의 행동을 말해 주는 것 같았다.

'확인해 볼까?'

아카드는 갑자기 몸을 휙 하며 돌렸다.

정말로 프랭크 선장과 테디라는 임시 선원이 마주보고 있다가, 황급히 고개를 돌리고 딴청을 피우고 있다.

아카드는 기신을 불인하게 바라보는 두 사람에게 다가갔

다. 그리고 선장과 임시 선원 사이를 비집고 들어가 두 사람 사이를 가로막았다.

"선장, 나 몰래 무슨 수작을 부리는 거지?"

"도련님, 그…… 무슨 말씀을……?"

아카드의 날카로운 눈빛에 프랭크 선장은 말을 더듬거렸다. 분명히 등 뒤에서 몰래 눈빛으로 이야기를 나누었는데 아카드가 알아채자 심히 당황한 표정이다.

그때 아카드 등 뒤에 있는 테디라는 직원이 버럭 소리쳤다.

"당신이야말로 누구신데 연세도 있으신 선장님께 반말이시죠?"

"뭐?"

자신의 말을 끊은 것으로도 모자라 따지는 말투로 물어보는 테디를 보며 아카드는 황당한 웃음이 나왔다.

"허허허. 내가 누군지 모른다?"

웃음을 멈춘 아카드는 굳은 표정으로 선장 프랭크에게 명령을 내렸다.

"이놈, 당장 보내."

"네? 여기서 말입니까? 지금 내보내면 이 추운 겨울에 얼어 죽습니다. 제국에 도착할 때까지만……."

아카드가 프랭크의 멱살을 잡고 앞으로 당겼다. 그리고

는 화난 표정으로 프랭크의 눈을 뚫어지게 바라보았다.

"이 배는 보안이 생명인 거 몰라? 연합군에게 걸리면 저 녀석만이 아니라 당신, 나, 그리고 가문까지 죽어!"

"하지만 토마스가 전쟁은 끝났다고 안심하라고……."

"장난쳐? 아직 세상 돌아가는 거 파악 못 해? 평화협정에 사인하기 전까지 전쟁은 끝난 게 아냐. 누구 하나 죽어 나가더라도 아무 소리 못 한단 말이다."

아카드는 화가 난 표정으로 프랭크 선장에게 쏘아붙이더니 테디를 가리켰다.

"당장 이 배에서 쫓아내!"

두 사람의 대화를 듣고 있던 테디가 씩씩거리며 아카드에게 다가온다. 그러고는 양손을 허리에 갖다 대고는 잔뜩 화가 난 얼굴로 아카드를 올려다보았다.

"저기요! 아까 전부터 자꾸 듣자듣자 하니까 기분 나빠서 그런데요, 대체 누구 마음대로 사람을 보내라 마라 소리치는 거죠?"

"나? 이 배 주인이야. 내가 누군지 알았으니 강제로 던져 버리기 전에 두 발로 조용히 내려가시지?"

"싫은데요?"

"뭐?!"

아카드는 황당한 얼굴로 바라본다. '뭐 이런 녀석이 다 있어?' 라는 표정이다.

테디는 아카드가 그러건 말건 간에 옆에 있던 프랭크 선장에게 물었다.

"선장님, 사실인가요? 이 배가 여기 무례한 분의 소유라는 것이?"

프랭크 선장은 아카드의 눈치를 살피며 우물쭈물했다.

"사실일세. 정확하게는 아니지만, 이 배 주인님의 유일한 후계자시니 틀린 말도 아니지. 얼른 지금이라도 공자님께 사과드리게."

아카드가 한쪽 눈을 찌푸렸다. 굳이 타인에게 알리지 않아도 될 사실까지 말하는 프랭크의 대답이 마음에 들지 않는다는 표정이다.

"천만에요. 저는 좀 더 따져야겠어요!"

"무슨 말인가?"

"잠깐!"

그때 아카드가 두 사람 사이에 끼어들었다. 자신 몰래 눈짓으로 무언가 신호를 주는 프랭크를 밀어내며 테디와 마주 섰다.

"계속해 봐. 마지막 유언이라고 생각하고 끝까지 들어줄게. 하지만 그 말이 끝나면 당장 배 밖으로 던져 버리겠어."

"공자님! 그 무슨 끔찍한 말씀입니까!"

프랭크의 만류에도 아카드는 꼼짝도 하지 않았다.

"명색이 있는 집 자제분 같은데 법에 대해서는 깜깜하시군요. '고용 계약서를 작성하고 입사한 직원은 제국 법에 의해 계약서에 명시된 기간 동안 고용을 보장받는다' 는 제국 법에 대해 들어는 보셨나요?"

이왕 이렇게 된 거 막 나가자고 생각했는지 테디의 입에서 나오는 말은 거침이 없었다.

"그 아래에 고용주의 피치 못할 사정으로 해고할 수 있다는 조항도 있을 텐데?"

아카드가 날카롭게 대답하며 테디의 표정을 살폈다.

'더 이상 파고들어 가면 골치 아픈데.'

아카드의 눈썹 끝이 살짝 떨렸다. 자신의 대답에 큰 오류가 있다는 것을 잘 알고 있기 때문이다.

"그럼 더 이야기가 쉬워지겠네요. 그 조항 때문에라도 당신은 이 배에서 절 끌어낼 수 없어요."

아카드의 인상이 좀 더 찌푸려진다. 쥐방울만 한 게 생각보다 더 많은 것을 알고 있는 눈치였다.

"내리기 싫어서 발악을 하는군. 물고기 밥이 되기 전에 당장 이 배에서 내리시지?"

아카드는 테디에게 한 걸음 다가가며 으르렁댔다. 섭을

줘서라도 내보내는 게 편할 것 같은 느낌이 팍팍 들어서다.

"이 배는 당신 가문의 소유지, 당신 개인의 소유가 아니에요. 그러므로 절 끌어내시려거든 이 배의 소유주인 가문의 가주가 직접 명령을 내려야 해요. 아니면 가주로부터 이 배를 책임지도록 위임받은 선장님께서 직접 명령을 하시든가."

테디가 양손을 허리춤에 갖다 대며 아카드에게 의미심장한 미소를 보냈다.

"그게 또 그렇게 되나?"

프랭크는 불꽃 튀는 두 사람의 이야기를 듣다가 머리를 긁적였다. 목소리로는 난감하다고 이야기하지만 얼굴로는 천만다행이라는 표정을 지었다.

"뭐가 또 그렇게 돼! 프랭크! 당장 내다버려!"

아카드가 테디라는 청년의 편을 드는 프랭크를 향해 고함을 질렀다.

"말로 안 되니, 이제 억지를 쓰시겠다는 건가요?"

"아카데미 학생이라고 했지? 어디서 주워들은 건 있는 모양인데……."

아카드가 테디에게 천천히 다가왔다. 그의 얼굴이 마치 뒷골목 건달처럼 음산하게 변했다.

"왜, 왜 이래요."

허리를 숙인 아카드의 음산한 얼굴이 콧김이 닿을 만큼 가까이 다가왔다. 테디는 겁먹은 표정으로 조금씩 뒷걸음질 쳤다.

"법이라는 건 말이야, 보호해 줄 사람이 있을 때 지켜지는 것이지 주위에 아무도 없는 너 같은 약자를 위해 만든 게 아니야."

아카드는 테디의 이마를 손가락으로 지그시 누르며 말을 이었다.

"오늘 살아남는다면 아카데미에 돌아가서 꼭 찾아봐. 네가 그토록 신봉하는 법이라는 것이 약자를 위해 무엇을 했는지. 물론 그런 기록을 윗대가리들이 남겨 뒀을지 모르겠지만."

아카드의 눈빛에는 냉소와 조소, 그리고 경멸이 가득했다. 그리고 보이지 않는 밑바탕에는 짙은 분노가 불꽃처럼 크게 일렁였다.

"똑똑한 제국 아카데미 학생이니 무슨 말인지 알아듣겠지? 이제 내 배에서 조용히 내려 주실까?"

아카드는 이 정도면 말귀를 알아들었을 거라 생각했는지 몸을 돌렸다.

그때였다.

"마스터!"

토마스가 두툼한 장부를 가지고 달려왔다.

"아직 회계가 익숙하지 않아서 그러는데요, 잠시만…… 응? 여기 분위기가 왜 이래?"

눈치 100단의 토마스가 장부를 보다가 뭔가 이상한 분위기를 감지했는지 고개를 천천히 들었다.

왼쪽에는 억울하다는 표정으로 울먹이고 있는 예쁘장하게 생긴 청년. 오른쪽에는 큰 소리 터지기 직전에나 볼 수 있는 마스터의 화난 표정.

'아차! 때를 잘못 잡았구나.'

제국 아카데미 정치학을 우수한 성적으로 졸업한 인재답게 분위기 파악이 빠르다. 토마스가 난감하기 짝이 없는 상황을 어떻게 빠져나갈까 머리를 굴리고 있을 때 프랭크 선장과 눈이 마주쳤다.

선장이 토마스에게 간절한 눈빛을 보냈다.

프랭크는 아카드가 볼 수 없게 몸을 살짝 틀어 토마스를 향해 눈을 깜박깜박거렸다.

'토마스, 한 번 도와주시게.'

선실의 분위기를 살펴보던 토마스가 눈을 질끈 감고 고개를 흔들었다.

'지금 분위기에 끼어들면 저 죽습니다.'

토마스는 프랭크의 애원을 단칼에 잘라 버렸다. 정치학

과 출신다운 냉정한 판단이다.

두 사람이 무언의 대화를 나누고 있을 때 아카드가 짜증 가득한 목소리로 물었다.

"무슨 일이야?"

토마스는 허리를 꼿꼿하게 세우며 대답했다.

"아닙니다. 생각해 보니 별문제 아닌 것 같습니다."

말을 마치고 두 사람 사이를 무사히 빠져나가려고 할 때, 옆에서 가만히 토마스가 들고 있는 장부를 살펴보던 테디의 입에서 의외의 말이 나왔다.

"음? 이거 잘못하셨네요."

"뭐?"

"지분을 처리하고 벌어들인 수익은 자산이 아니라 자본금 항목에 들어가야 해요."

"……?!"

순간적으로 토마스는 눈이 동그래졌다.

'오호! 이거 잘하면?'

토마스의 몸이 쏜살같이 테디에게 향한다.

"마스터와 긴히 할 이야기가 있으니 잠시 자리를 피해 주셨으면 합니다."

"무슨 짓이야? 할 말 있으면 여기서 이야기해."

"그게, 남들이 알면 곤란한 일이라……."

돌발 행동을 하는 수하의 행동에 아카드가 가자미눈을 했다. 하지만 토마스는 아랑곳하지 않고 프랭크 선장을 향해 얼른 나가라는 눈짓을 보냈다.

“알겠네. 마스터, 좀 이따 뵙겠습니다.”

프랭크 선장은 이때다 싶어 얼른 테디를 채근하며 선실을 빠져나갔다.

*　*　*

프랭크와 테디가 처음 만난 것은 보름 전.

마지막 출항 준비를 위해 제국의 구시가지 구역 폐쇄된 항구에 정박하고 있을 때 근처 여관 골목에서였다.

어둠도 가리지 못할 만큼 아름다운 젊은 아가씨가 은밀하게 자신을 찾아왔다. 돈은 얼마든지 줄 테니 자신을 임시 선원으로 취직시켜 달라는 부탁이었다.

프랭크는 단번에 거절했다.

‘여자가 배에 타고 있으면 재수 없다’라는 오랜 징크스 때문이다.

언제 죽을지 모르는 바다 사나이들은 이런 징크스에 민감하다. 그래서 망설이지 않고 아가씨의 부탁을 거절했다.

그때부터 이 아가씨는 매일 그를 찾아왔다.

매일 밤 나타나 프랭크를 괴롭힐 뿐만 아니라 하루 종일 따라다니며 애원하는 그녀에게 닫혔던 마음의 문이 조금씩 움직이고 있었다. 애절하게, 때로는 사근사근하게 대하는 젊은 아가씨를 보면 어렸을 때 전염병으로 죽은 딸이 떠올랐다.

결국 남장을 하는 조건으로 허락하고 말았지만 후회는 없었다. 여자라는 점이 마음에 걸리긴 해도 상인과 물건을 사면서 가격을 흥정하는 모습이나 간식거리를 손수 만드는 모습이 마음에 쏙 들었다.

아들이라도 있으면 꼭 연을 맺어 주고 싶을 정도였다.

'큰 고비는 넘겼는데 토마스가 문제로군. 그러나 잘 넘어가겠지.'

프랭크는 바다 사나이들의 왕이 될 후계자의 성품을 믿었다. 아카드가 겉으로는 눈보라보다 차갑지만 자신의 사람은 끔찍이 챙긴다는 것을 잘 알기에 큰 걱정은 하지 않았다.

"출발! 목적지는 노틸러스 제국의 수도 그라프다!"

큰 위기를 넘긴 프랭크가 갑판 위로 올라가며 선원들에게 큰 소리로 지시를 내렸다.

선장의 우렁찬 목소리에 돛이 펴지고, 거대한 갤리선이 선원들의 노 젓는 구호에 맞추어 로히깅의 물살을 가르며 힘차게 나아갔다.

*　　*　　*

선실의 분위기가 살벌하다.

아카드의 살벌한 시선이 토마스에게 꽂혔다.

"토마스, 정신 나갔어? 누구 앞에서 지 멋대로 명령하는 거야?"

"그것이, 은밀하게 전해 드려야 할 물건이 있기에……."

"내놔 봐! 얼마나 대단한 물건이기에 날 기만했는지 두고 볼 거야."

토마스는 주변을 살펴보더니 품에서 뭔가를 꺼내 아카드에게 쓱 내밀었다. 살펴보니 평범한 편지 봉투다.

"반드시 읽어 보시랍니다."

토마스의 표정이 이상하다. 정확하게 알 수는 없지만 자신의 염장을 긁을 때마다 짓는 미소를 억지로 참는 표정이다.

"어서 읽어 보십시오."

고급스러운 종이에 금색의 수실이 화려하게 장식되어 있는 귀족 전용 편지 봉투.

'설마 아니겠지?'

아카드가 살짝 불길한 표정을 지으며 천천히 봉투를 뒤집어 붉은 인장을 살펴보았다. 예감대로 보고 싶지 않은 발신자의 이름이 찍혀 있다.

모건 폰 메디아 백작

"젠장, 불길한 예감은 절대 틀리지 않는군."

아카드는 짜증스러운 표정으로 편지지를 꺼냈다.

'사랑하는 아들 보아라.'

순간, 아카드의 눈썹 위로 굵은 핏줄이 올라왔다. 그는 잔뜩 눈살을 찌푸리며 토마스를 노려보았다.

"꼭 지금 봐야 하나?"

뭔가 읽으면 엄청 불길할 것 같은 느낌.

아카드는 편지를 노려보다가 양손으로 빨래를 쥐어짜듯이 구겨 버렸다. 그러고는 주변을 둘러보더니 구겨진 편지를 뒤편에 있던 난로를 향해 휙 하고 던졌다.

"마스터! 품위 없게 이게 무슨 짓입니까!"

"너야말로 무슨 짓이지? 내가 아버지의 편지는 알아서 버리라고 명령했을 텐데."

"그래도 백작님께서 마스터를 위해 남기셨……!"

"용건만 간단히. 핵심 내용이 뭐야."

"전쟁이 거의 끝나지 않았습니까? 그러니……."

"가문으로 돌아오라고?"

"……예."

"아들 하나 없는 셈 치라고 품위 넘치는 네놈이 직접 가서 전해드려."

"그, 그것만이 아닙니다!"

"그럼?"

"아카데미에 입학하시라고……."

"결국 그 말이 그 말이잖아. 무조건 전해. 아카데미에 가서 시간 낭비, 돈 낭비 할 생각 죽어도 없다고. 누구는 땅 파서 돈 버는 줄 아시나?"

제국 아카데미.

성력 1915년, 제국과 주변 왕국들이 합심을 하여 만든 대륙 최고의 명문 학원이다.

귀족들을 견제하기 위해서 탄생된 아카데미는 시민혁명 이후, 신(新)계급인 부르주아 계층을 만드는 데 큰 일조를 하였다.

시간이 지나면서 아카데미의 졸업생들이 관료 집단을 형성하거나 제국 상계와 은행가에서 활약하기 시작했다.

사태의 심각성을 깨달은 귀족들은 시민과 상인들로 구성된 아카데미 출신들을 견제하기 위해 그곳에 발을 들이기 시작했다.

귀족 자제들이 아카데미에 입학하면서 지금의 아카데미는 귀족과 상인 계층의 보이지 않는 전쟁터로 변질되었다.

이런 곳에 왜 엄청난 학비를 지불하면서까지 시간 낭비를 해야 하는지 아카드는 도무지 이해할 수 없었다.

5년간 아카드가 전쟁상인으로 참여하여 벌어들인 수익만 하더라도 가문 총수입의 4할에 달한다. 덕분에 이미 가문 내에서도 아카드를 무시하는 사람은 아무도 없었다.

아카드는 자신의 마지막 희망이었던 정령사도 포기하고 상인으로 대성하기로 결심했다. 지금부터 노틸러스 제국에서 상단을 꾸린다고 해도 언제 성공할지 장담할 수 없다.

그는 시간 남아도는 아이들의 놀이터 같은 아카데미에 갈 생각은 죽어도 없다. 그럼에도 불구하고 아버지인 모건 백작은 꾸역꾸역 아들을 아카데미에 입학시키려고 했다.

"아버지 말은 무시……"

아카드는 아버지의 편지를 무시하라고 말을 하려 했다. 그런데 토마스가 불쑥 꺼낸 말에 자신도 모르게 멈칫거리고 말았다.

"……하신답니다!"

"뭘?"

"원금 회수하신답니다."

아카드는 인상을 찌푸렸다. 자신이 가문을 박차고 나올 때 자금을 몰래 융통(?)한 것이 사실이긴 하다.

아버지가 특별히 애지중지하던 컬렉션 중 두 개를 슬쩍 빌려온 것이다.

나비아산(産) 700년 된 와인과 나비아의 마지막 왕이었던 아리카프의 보검. 지금은 진 제국에 의해 사라진 북쪽 나비아 왕국의 보물이었다.

와인은 아버지 모건 백작 몰래 블랙마켓에 내놓았다. 블랙마켓은 일종의 암시장으로 장물, 골동품, 노예들을 은밀히 사고파는 시장이다.

아카드는 블랙마켓에서 와인을 판매한 돈으로 장사 밑천을 마련했고, 보검은 가짜 정령 소환서랑 교환한 상태다.

"가져가시라고 그래. 이자를 달라면 시세보다 후하게 쳐드리고. 그깟 돈, 얼마나 한다고."

아카드는 콧방귀를 뀌었다.

가출할 당시에는 어마어마한 금액이었지만, 지금의 그에게는 애기 코 묻은 돈이나 다름없다.

검은 상인이라 불리며 벌어들인 아카드의 재산은 웬만한 왕국쯤은 순식간에 마비시킬 정도로 막대했다.

"이자가 복리랍니다."

"……!"

아카드의 안색이 단번에 창백해지고 말았다.

그 모습을 지켜본 토마스는 회심의 미소를 지으며 자신의 카드가 성공적으로 먹혔음을 확신했다.

* * *

선상에서 선원들이 분주하게 움직이고 있을 때, 다른 선실에서는 두 사람의 손가락이 쉴 새 없이 움직이고 있었다.

토마스와 테디는 탁자 위에 놓여 있는 장부에 얼굴을 파묻고 아카드가 지시한 장부 속에 가득 채워져 있는 숫자를 정리하느라 정신없었다.

"그러니까 자산은 부채와 자본금을 합친 금액과 같아야 한다는 거지?"

"그렇죠. 원리만 알면 아주 간단하답니다."

"아이구. 이 망할 놈의 제국은행 때문에 이 무슨 고생이람."

대륙의 모든 상단들은 제국은행으로부터 새로운 지침을 전달받았다. 제국은행과 거래하는 모든 상단은 새로운 개정법에 따라 새로운 방식의 재무제표를 작성하라는 것이다.

전쟁상인으로 아카드를 따라다니며 간단하게 돈이 들어오고 나가는 것만 정리하던 토마스는 새로운 방식으로 장부를 정리할 생각에 머리가 터질 것만 같았다.

"토마스 님, 예를 하나 들어 드릴게요. 만약 집을 사고 싶은데 돈이 모자라면 어떻게 하실래요?"

"그거야 은행에 가서 빌리면 되잖아. 그거랑 이거랑 무슨 상관이야?"

"그거랑 같아요. 토마스 님이 사신 집은 자기 자산이 되겠죠? 그럼 은행에서 빌린 돈은 부채, 원래 토마스 님이 가지고 계셨던 돈은 자본이 되는 거예요."

어려운 회계의 원리를 아주 간단한 예시에 빗대어 설명하는 테디가 기특했다. 그는 흐뭇한 마음에 자신도 모르게 테디의 볼을 잡고 흔들었다.

"아하! 너 아카데미에서 꽤 열심히 했구나. 귀여운 것."

"쓸데없는 신체 접촉은 자제해 주셨으면 합니다."

테디는 딱 부러지는 표정으로 말한 뒤, 양쪽 볼을 손바닥으로 문질렀다.

토마스는 의자를 테디 곁으로 바싹 잡아당겼다.

"너 방학 끝날 때까지 우리 상단에서 일해 보는 건 어때? 내가 마스터한테 이야기해 놓을게."

"재수 없는 마스터랑 다시는 마주치고 싶은 맘이 없어요."

"그래도 걱정 마. 내가 약속하지. 마스터의 구박은 어떻게든 내가 우산을 쳐 줄 테니까, 좀 도와주라. 너도 우리 상단에서 일한 경험이 큰 도움이 되지 않을까? 아카데미에 방해되지 않도록 출퇴근 시간도 조절해 줄게. 어때?"

토마스의 계속된 설득에 테디는 잠깐 고민을 하는 표정이다.

첫인상으로 따지면 이런 제안은 생각할 가치조차 없이 단칼에 잘라 버려야 정상이었다. 그러나 장부를 보고 난 후, 테디의 평가는 조금 달라졌다.

그럴 수밖에 없는 것이, 일개 전쟁상인이 벌었다고 보기에는 너무나 엄청난 액수였다. 장부에서 산출된 순이익률만 따지면 대륙의 4대 상단을 훨씬 능가할 정도였다.

'마스터라는 사람, 도대체 전쟁터에서 무슨 일을 벌였던 거지?'

테디는 호기심이 생겼는지 다시 한 번 자세히 장부를 살펴보았다. 보면 볼수록 감탄밖에 나오질 않았다.

숫자로 가득한 장부가 테디에게 말하고 있는 것 같았다.

제국의 상계를 뒤흔들 엄청난 거물이 등장했다고.

"설령 제가 그 제안을 받아들인다고 해요. 그쪽 마스터는 어떻게 설득하시겠어요? 지금도 배에서 내리라고 난리인데."

"에이! 걱정하지 말라니까. 이 토마스 님의 말 한마디면 다 들어주게 되어 있어."

토마스가 가슴을 주먹으로 치며 호언장담했다. 그때 선상에서 뱃사람들의 노랫소리와 웃음소리가 들려왔다. 무사귀환을 자축하는 파티를 시작하려는 모양이었다.

"바다 사나이는 의리가 생명이라고? 흥, 의리라고는 눈곱만큼도 없는 놈들. 테디 군, 우리도 대충 마무리하고 가서 즐기자."

* * *

모두가 꿈속에 빠져들 시간.

2단 갤리선 한 척이 새벽의 강줄기를 타고 유유히 제국의 수도 그라프를 향해 순항하고 있었다.

갑판 위 선원들이 무언가를 손에 들고 분주하게 움직였다. 일부는 나무로 만든 맥주 통을 나르고, 나머지는 바비큐를 굽느라 정신이 없다.

"마셔라, 부어라. 바다는 우리의 것~"

선장 프랭크는 바다 먼 곳을 지긋이 바라보며 노래를 불렀다. 해적들 사이에 유행가처럼 퍼진 노래였다.

한때 해적들이었던 선원들은 선장의 노랫소리에 하나둘씩 흥얼거리며 따라 부르기 시작했다.

"그런 노래 부르다가 치안대에 붙잡혀 간다."

프랭크를 바라보며 선미로 올라오는 그림자.

여느 귀족 자제 못지않은 기품과 깊이를 알 수 없는 눈빛을 자랑하는 청년, 아카드였다.

"아직도 흐르는 물만 봐도 뜨거운 피가 흐르는 걸 보면 천상 뱃놈인가 봅니다."

프랭크는 물속에 비친 자신의 모습을 바라보았다. 바다를 자유롭게 누비던 혈기 가득한 모습은 사라지고 은밀하게 밀수선을 타고 있는 낯선 중년인이 보인다.

선장 프랭크의 눈빛에 슬픔이 묻어난다.

"맥주 맛이 아주 좋군."

"드워프가 직접 만든 맥주입니다. 많이 드셔 놓으십시오. 올해가 지나면 맛보기 힘들지도 모릅니다."

맥주를 먹고 있던 아카드가 잔을 내려놓았다.

"이렇게 맛있는 맥주가 맛보기 힘들다니? 시민들이 비싼 와인이나 위스키를 즐길 리는 없고, 무슨 새로운 술이라도 나왔나?"

"이 매주 가게만 해도 보리 값은 점점 오르고, 내출받았던 제국은행에서 빚 독촉이 자꾸만 들어와 문을 닫을 예정이라더군요."

"이 정도 수준의 맥주를 팔 정도면 은행에서도 충분히 투자할 만한 가치가 있을 텐데?"

"자세한 사정을 어찌 알겠습니까? 이렇게 맛있는 맥주를 놔두고 대형 상단에서 만든 김빠진 맥주를 몇 배나 비싼 돈 주고 사 먹어야 하다니."

프랭크는 맛있는 소리를 내는 맥주 거품을 바라보며 탄식했다. 이렇게 맛있는 맥주를 만드는 곳이 사라진다는 것에 대해 굉장히 아쉬워하는 모습이다.

"참 너무들 하시네. 언제는 뱃사람은 의리 빼면 시체라고 고함 고함을 치더니."

갤리선 전체가 떠나갈 정도로 크게 들리는 토마스의 목소리에 아카드는 인상을 찌푸렸다.

"저 자식이 하라는 일은 안 하고 땡땡이를 쳐?"

아카드의 맥주잔이 살짝 떨리는 것을 본 프랭크는 노련한 선장답게 슬그머니 선원들 틈으로 사라졌다.

토마스는 건들거리는 발걸음으로 뱃사람들의 틈바구니를 비집고 들어가 맥주를 거하게 마시고 있었다.

"캬아! 맥주 맛 한번 끝내주네. 이 부드러운 목 넘김과 고소한 거품! 테디야!"

"말씀하세요."

"거절하지 말고 한 잔 받아."

테디는 한숨을 쉬며 토마스를 향해 술잔을 내밀었다.

"한 식구 된 기념으로 한 잔 마셔."

"그쪽 마스터부터 설득하고 다시 이야기하시죠."

"까칠하기는. 자자자! 쭉쭉쭉! 일단 한 잔 마시고 이야기하자고."

토마스의 시선이 테디에게 고정되어 있다. 빨리 마시라는 무언의 압박이다.

'술은 처음인데 실수라도 하면 어떡하지?'

테디는 하얀 거품을 뿜어내는 황금색 액체를 바라보며 마셔야 할지 마시지 말아야 할지 망설였다.

"맥주는 술이 아니야. 뱃사람이라면 물과 똑같은 거야. 안 그런가?"

토마스가 맥주 통을 통째로 들고 마시는 선원을 보며 묻는다. 선원은 붉게 달아오른 얼굴로 무릎을 탁 하고 치며 맞장구 쳤다.

"이런 맥주는 있을 때 실컷 마셔 줘야 진짜 선원이 될 수 있지. 암, 그렇고말고."

토마스가 거 보라는 듯이 말했다.

"제국에 가면 제국 법을 따르라는 말 알지? 너도 이 배의 선원이라면 뱃사람의 원칙을 따라야 하는 거야."

토마스의 화려한 언변에 테디는 어쩔 수 없이 한 잔을 들이켰다. 맥주의 알싸하고 고소한 향이 조금씩 입 안에서 휘몰아쳤다.

"으으. 쓰다. 그런데…… 고소하네요?"

"끝내주지? 한 잔 더 마셔 보라고."

테디가 의외라는 표정으로 또다시 맥주잔에 입술을 가져갔다. 그 모습을 지켜보던 토마스도 본격적으로 편하게 자리 잡고 맥주를 들이켰다.

한 잔, 두 잔, 가랑비에 옷 젖는 줄 모른다고 테디는 연거푸 술잔을 기울였다. 그럴수록 얼굴도 점차 붉게 달아올랐다.

"그렇지! 그렇게 마셔야 진정한 바다 사나이라고 할 수 있지!"

토마스는 테디를 보며 크게 웃어젖히고는, 본격적으로 선상에서의 파티를 즐기기 위해 셔츠의 단추를 하나 풀고 벨트까지 풀어재꼈다.

"역시 맥주는 배에서 마시는 게 최고야! 다들 안 그런가!"

"옳소!"

"그 양반, 뭘 좀 아는 양반이구만! 낄낄낄!"

"앞으로도 번창할 바다 사나이들을 위하여!"

"위하여!"

"위하여!"

토마스가 주변 선원들 사이로 돌아다니며 일일이 맥주를 권하고 덩실덩실 춤을 춘다. 그때 그의 시선에 이리로 다가오는 프랭크가 들어왔다.

"오오! 이게 누구십니까! 우리 바다 사나이들의 대장, 선장님이 아니십니까! 선장님도 이리 오셔서 제 잔 한 잔 받으시지요. 헤헤헤."

"그럴 때가 아닌 것 같네만."

"에이! 마스터도 없는데 왜 그러세요. 오늘 한 잔 먹고 제대로 가는 겁니다."

프랭크가 손가락으로 자꾸 어느 방향을 가리킨다. 맥주통을 가슴에 품고 다가가던 토마스가 손가락 방향으로 몸을 틀었다.

"대체 왜 그러시나? 뒤에 뭐가 있다고."

토마스의 몸이 굳었다. 그의 유일한 천적이 선미에서 자신을 보며 손가락을 까딱거리고 있었다.

Chapter 3.
아카드의 귀환

'잠깐. 내가 지금 이렇게 쫄 이유가 없잖아?'

술기운도 있겠다, 아카드가 지시한 장부 정리도 끝냈다는 사실을 상기한 토마스는 어깨를 펴고 당당하게 걸어갔다.

"짜증나게 일 끝내고 한잔하려는 사람한테 오라 가라야."

"누우구 마음대러 내 몸에 손을 대는 거어야!"

혀가 꼬인 테디의 고성이 울려 퍼졌다.

"얘는 몇 잔 마시지도 않았는데 벌써 취했나?"

토마스는 맥주 두 잔에 취해 몸을 가누지 못하는 테디를 일으켜 세웠다. 마스터가 시킨 일도 다 했으니 잔소리시면서 이 똘망똘망한 녀석을 자신의 부하로 삼게 해달라고 당당하게 요구할 생각이다.

“테디! 저기 위에서 우리를 노려보는 악당을 물리치러 가자!”

아카드는 뭔가 잘못되었다는 생각이 들기 시작했다.

“저 녀석이 저렇게 당당하게 올 수가 없는데? 저렇게 걸어오는 걸 보면 일을 다 처리했다는 건데, 설마 저 이상하게 생긴 녀석이?”

당당히 걸어오는 토마스를 바라보는 아카드의 시선이 살짝 불안하다.

“아니! 어마어마한 일을 끝내고 맥주 한잔 즐기려는 저에게 왜 그러십니까?”

아니나 다를까 선미로 올라오자마자 토마스의 목소리가 배 전체에 우렁차게 퍼졌다. 은근슬쩍 사람들에게 마스터가 이유도 없이 괴롭힌다고 광고하는 셈이다.

“정말 다 했다고? 그 많은 양을?”

“네, 그 많던 장부 정리를 제가 죽을힘을 다해 완벽하게 끝냈습니다. 그리고 기분 좋게 맥주 한잔 마시려는 순간이었습니다만.”

토마스의 한 마디 한 마디에 힘이 실려 있다.

"정말 다 했다고?"

아카드는 믿지 못하겠다는 표정이다. 그 많은 장부 정리를 이렇게 빨리 끝낼 정도면 자신이 직접 했을 때와 별 차이가 없다.

아무리 제국 아카데미에서 정치학을 우수한 성적으로 졸업한 인재라지만 처리 속도가 지나치게 빠르다. 이렇게 빨리 장부 정리를 끝내려면 노련한 은행원 정도는 되어야 가능하다.

"확인한다?"

아카드는 절대 믿지 못하겠다는 표정이다.

"가서 보십시오. 그리고 확인하신 후 부탁 하나 들어주십시오."

토마스의 기세가 당당하면 당당할수록 아카드의 인상은 점점 찌푸려진다.

"뭔데?"

"이 녀석, 새로 시작하는 저희 상단의 직원으로 받아 주셨으면 합니다."

전형적인 토마스의 거래 방식이다. 일을 성취하고 나면 원하는 것을 요구한다. 그런 모습이 마음에 들어 아카드도 지금껏 토마스의 요구를 거절한 적이 없었다.

하지만 이번엔 달랐다.

"싫어."

"네?"

당연히 들어줄 줄 알았던 토마스는 마스터의 대답에 급격히 당황한 표정이다.

"솔직히 말해 봐. 장부 정리 저놈이 거의 다 했지?"

"아, 아닙니다. 무슨 그렇게 무서운 농담을. 하하."

어색하게 웃던 토마스의 시선이 아카드를 피했다. 먼 곳을 바라보며 어떻게 이 난관을 벗어날지 고민하는 토마스의 귀에 아카드의 진지한 음성이 들렸다.

"아직 멀었군. 너라면 내가 장부 정리를 맡긴 의미는 알 줄 알았는데……."

아카드의 말투에는 실망한 기색이 역력하다.

'역시 마스터에게 뻥카는 통하지 않네. 어떻게 하지?'

토마스가 아무 대꾸도 못 하고 고개를 숙였다. 그도 마스터가 왜 이 일을 시켰는지 알고 있었다. 아카드는 토마스가 장부를 정리하면서 새롭게 바뀐 장부 표기법을 완벽하게 익히기를 원했다.

"전쟁이 끝난 거 같지? 아니야. 이 배에서 내리는 순간 전쟁이 다시 시작되는 거야. 창칼보다 더 무서운 황금의 전쟁이."

아카드는 실망했다는 표정으로 맥주 한 모금을 들이켜며

말을 이었다.

“앞으로 내가 없을 때 네놈이 나 대신에 일을 진행해야 하는데 장부 정리 하나 못 하는 수하에게 무슨 일을 맡길 수 있겠나?”

“죄송합니다. 면목 없습니다.”

“앞으로 회계 담당을 따로 두겠지만, 장부 볼 줄은 알아야 하잖아. 장부 하나 볼 줄 모르는 상사가 아랫사람이 하는 일을 감시할 수 있겠어?”

“다시 내려가서 장부를 살펴보겠습니다.”

토마스는 마시던 맥주잔을 내려놓고는 고개를 푹 숙이며 계단을 내려갔다.

“잔머리 굴리지 말고 열심히 하란 말이야.”

수하의 고통이 상사의 행복이라고 믿는 아카드는 뿌듯한 표정으로 맥주잔을 들었다. 수하의 풀죽은 모습을 안주로 한 모금 마시려는 순간.

쿵!

갑자기 옆에서 무언가가 넘어지는 소리가 들렸다.

뒤돌아보니 토마스가 데려온 테디가 몸을 가누지 못하고 의자에서 떨어져 있었다.

“아주 끼리끼리 노는구나.”

아카드가 혀를 차며 선실로 내려가기 위해 계단으로 걸

음을 옮겼다.

그런데 발이 움직이지 않는다.

아래를 살펴보니 테디가 아카드의 붉은색 바짓가랑이를 잡아 쥐고 있었다.

"뭐야, 이 물건은?"

*　*　*

천 년의 역사를 자랑하는 노틸러스 제국의 수도 그라프.

남대륙에서 가장 화려하고 상업이 발달한 도시로, 로하강이 수도 중앙을 가로지르고 있으며 로하강을 중심으로 남쪽은 신시가지, 북쪽은 구시가지로 나뉘어 있다.

신시가지에는 황제를 비롯해 귀족과 상인들이, 구시가지에는 저소득 시민들을 비롯해 대륙전쟁을 피해 도망친 피난민들, 이종족들이 함께 거주하고 있다.

인기척이 전혀 느껴지지 않는 구시가지 외곽 지역의 폐쇄된 항구.

군선이라고 보기에는 너무 화려하고, 상단의 소유라고 보기에는 믿기지 않을 규모의 2단 갤리선에서 선원들이 하나둘씩 내리고 있었다.

"수고했어."

"공자님도 수고하셨습니다. 영지에서 뵙지요."

아카드의 주위를 반원으로 감싸고 있던 선원들을 대표해 선장모를 쓴 프랭크가 인사를 한다.

곧이어 마차 한 대가 사람들 앞에 모습을 드러냈다. 신시가지 귀족 지구에서나 부와 명성을 모두 갖춰야 탈 수 있다는 팔두마차가 등장했다.

마차의 문이 열리고 안쪽에서 검은 실크해트와 검은 코트를 입은 노신사가 천천히 내렸다. 그는 더 이상 우아할 수 없는 발걸음으로 사람들이 모여 있는 곳으로 다가왔다.

노신사의 등장에 선원들이 갑자기 긴장 어린 표정으로 고개를 숙였다. 중년인이 다가올 때마다 지나갈 수 있도록 양쪽으로 길을 터 주었다.

중년인의 신분은 모건 가문의 총집사 블라디우스.

한때, 모건 해적단을 이끄는 4명의 단장 중 암살단을 이끌었던 흡혈족이다.

외모만 봤을 때는 중후하고 멋있는 노신사로 보이지만 실상은 그 반대다. '붉은 사신' 이라 불리며 모건 해적단에게 대항하는 귀족과 왕족들을 모두 암살한 신화적인 인물이다.

지금은 총집사로 모건 백작가를 관리하고 있지만, 백작가 내에서 그의 붉은 눈동자를 똑바로 바라볼 수 있는 인물은 다섯 손가락에 꼽힌다.

"공자님, 이제는 어엿한 청년이 다 되셨습니다."

노신사는 아카드에게 다가와 실크해트를 벗고 공손히 허리를 숙였다. 아카드를 바라보는 중년인의 눈빛에 살가움이 가득하다.

"5년 만이군. 별일은 없고?"

"밤공기가 찹니다. 가면서 이야기하시지요."

총집사 블라디우스가 마차를 향해 오른팔을 뻗었다.

"가지."

아카드가 문이 열린 마차를 향해 올라타려고 할 때 노신사의 한쪽 눈썹이 살짝 올라갔다.

"공자님, 혹시 전장에서 특별한 경험이라도 하셨습니까?"

그 말을 들은 아카드의 얼굴이 살짝 찌푸려졌다.

'아주 많지. 가짜 정령 소환서를 비롯해 저 망할 임시 선원까지, 엄청 많은 일이 있었지.'

금방이라도 이렇게 말하고 싶지만 그런 걸 여기서 일일이 떠벌릴 수는 없다.

"없어. 얼른 출발하지."

아카드는 재빨리 표정을 고치고 아무렇지 않은 표정으로 대답했다.

"그렇습니까?"

노신사의 얼굴에 미묘한 빛이 떠올랐다.

'공자님에게서 바람의 냄새가 나는데, 어떻게 된 거지?'

흡혈족과 엘프족은 기운에 민감하다. 특히 암살자 계의 신화로 불리며 기감이 극도로 민감한 블라디우스가 아카드의 변화를 모를 리가 없다.

5년 만에 귀국한 모건 가문의 후계자를 추궁할 수도 없는 일. 나중에 조용히 물어보기로 결심한 총집사는 표정을 풀고 평소의 모습으로 돌아갔다.

"그럼 출발하겠습니다."

총집사가 문을 닫으려 하자 토마스가 다급히 마차의 문을 잡았다.

"마스터! 같이 가요. 테디, 얼른 가자."

토마스는 테디의 손을 잡고 재빨리 마차를 향해 다가갔다.

"총집사님, 신세 좀 지겠습니다."

토마스가 넉살좋게 마차 발판에 발을 올리려고 할 때, 누군가의 거대한 팔이 마차의 입구를 막았다. 토마스가 고개를 들어 올려다보니 키가 2m는 될 법한 거구의 우락부락한 사나이가 입구를 막고 있었다.

"마스터."

지레 겁을 먹은 토마스가 애절한 눈빛으로 아카드를 보

았다.

"일행이십니까?"

흰 백발을 단정하게 올백 스타일로 넘긴 총집사 블라디우스가 아카드를 바라본다.

"아니."

아카드는 고개를 흔들며 쳐다보지도 않는다.

"그러십니까? 알겠습니다."

중년인이 수하들에게 토마스를 치우라고 명령을 하려던 찰나,

"이 청년이 타지 않으면 저도 타지 않겠습니다!"

테디 뒤에 서 있던 토마스가 갑자기 고집을 피웠다.

얼마나 목소리가 큰지 항구에 있던 사람들의 시선이 집중되었다.

"그럼 둘 다 버리고 가지. 블라디우스, 출발해."

"공자님, 같이 태우시는 게 어떻겠습니까? 오랜만에 제국에 오시는데 이런 소란을 피워서 좋을 것 없지 않겠습니까?"

총집사가 다시 한 번 아카드를 바라본다.

"어떻게 할까요?"

"태워! 대신 마부석에 앉혀."

노틸러스 수도 그라프에서 신시가지와 구시가지를 잇는

클라우스 브릿지. 아름다운 아치형 다리 위로 화려한 팔두 마차가 빠르게 질주하고 있었다.

"이 거대한 클라우스 브릿지를 다시 볼 줄이야. 이 감격을 어떻게 표현해야 할지."

토마스는 감격스러운 눈빛으로 창밖을 바라보았다.

클라우스 브릿지.

제국 최고 가문으로 불리는 클라우스 공작 가문의 엄청난 재력과 드워프 장인들의 기술이 합쳐져 만들어진 브릿지는 길이만 2km에 육박할 정도로 엄청난 규모를 뽐내고 있었다.

하지만 그와 달리 테디의 표정은 차가웠다.

"너무 좋아하지 마세요. 권력자들이 이깟 다리 하나 만들기 위해 시민들의 피와 땀을 짜낸 결과물이니까요. 이 다리 하나를 만들기 위해 얼마나 많은 시민들이 죽었을지……."

말끝을 흐린 테디는 불편한 표정으로 고개를 돌렸다.

덩달아 마차의 분위기도 어색해졌다.

그때 아카드가 코웃음을 쳤다.

"죽은 놈이 등신이지."

"뭐라고요? 어떻게 사람이 그런 잔인한 소릴 할 수가 있죠?"

"멍청한 선택을 했으면 잡아먹히는 게 당연한 이치 아닌가?"

"멍청한 선택이라뇨? 말씀이 너무 지나치신 것 아닌가요?"

"역사를 배웠다니 잘 알겠군. 지금 노틸러스 제국의 초대 황제와 귀족 가문의 초대 가주들을 시민들의 대표로 선출한 사람들이 누군지는 잘 알고 있겠지?"

"그건……."

아카드는 우물쭈물하는 테디를 바라보며 냉소를 흘렸다.

"멍청한 선택이라고 이야기한 두 번째 이유. 소수가 다수를 지배하고 핍박할 동안 그들은 뭐하고 있었지?"

"그건 시민들이 힘이 없어서……."

"아니지, 아니야. 시민들이 뭉쳐서 힘을 모을 생각은 하지 않고 어떻게 하면 저 권력에 들어갈까 눈치만 살피고 있었지. 그동안 권력가들은 점점 자신의 세력을 저기 보이는 성벽처럼 단단하게 쌓아 올렸고. 그렇지?"

테디는 뭐라고 대꾸하고 싶지만 마땅히 반박할 말이 떠오르지 않는지 주먹만 부르르 떨고 있다.

"세 번째 이유. 세금과 이자를 조정하며 합법적으로 고혈을 빨아먹는 제국은행과 그를 따르는 4대 상단. 아카데미 학생이니 알고 있겠지? 그들을 데려온 주체가 누군지?"

"지금은 이렇게 변해 버렸지만, 시민 혁명 때 그들의 희생이 없었다면 대부분의 시민들은 또다시 영주들의 노예로 전락했겠죠."

처음보다는 목소리가 줄었지만 테디는 자신의 주장을 굽히지 않았다.

"멍청하군. 그걸 희생이라고 부르다니."

"보자 보자 하니까 이 남자가! 그 당시에 4대 상단 말고도 혁명에 참여해 고초를 당하고 부도 난 상단들이 얼마나 많은데요. 이걸 희생이라 부르지 뭐라고 불러요!?"

테디가 참지 못하고 소리를 버럭 질렀다. 토마스는 귀를 막았고, 총집사는 조용히 웃으며 두 사람을 흥미롭게 바라보았다.

"일종의 참가비라고 할까?"

"참가비?"

"아직 학생이라 순진하군. 상인들은 철저히 이익에 따라 움직이는 동물이지. 그런데 왜 아무 이득도 없는 혁명을 위해 엄청난 자금을 뿌려 댔을까?"

"……."

"바로 제국을 지배하는 게임에 참여하기 위해서야. 기존의 귀족들과 마찬가지로 자신들도 상위로 올라서기 위한 발판을 마련한 거지."

"어디서 그런 궤변을……! 그 말 책임질 수 있어요?"

금방이라도 터질 것 같은 두 사람 사이에 토마스가 끼어들었다. 더 이상 두 사람을 그냥 두면 자신에게 불똥이 튈 것 같은 불길함에 중간에 끼어들며 중년인을 바라보았다.

"총집사 블라디우스 님이시죠? 말씀으로만 듣던 대단한 분을 뵙게 되어 영광입니다. 저로 말할 것 같으면 마스터의 충실한 가신 토마스라고 합니다."

"아! 공자님을 옆에서 도와주신다는 그분이군요. 저도 반갑습니다."

토마스는 넉살좋게 총집사 블라디우스 옆에 바싹 붙어 앉았다.

"도움 준 기억은 있어도, 도움 받은 기억은 없는데?"

아카드의 비아냥거리는 목소리가 들렸지만 토마스와 총집사 블라디우스는 개의치 않고 대화를 이어갔다.

"그런데 그 옆에 계신 분은?"

총집사 블라디우스가 테디를 쳐다보며 물었다.

"잠시 같은 배에서 임시 선원으로 있던……."

테디가 노신사에게 정중하게 자기소개를 하려는 순간 토마스가 또 끼어든다.

"테디라고, 앞으로 마스터의 일을 도와줄 뛰어난 청년입니다. 남자치고는 약한 몸이지만 제국 아카데미 재학생으로 아주 뛰어난 인재입니다."

"야! 누구 마음대로 내 일을 도와?"

"누구 마음대로 이런 무례한 남자를 돕는다는 거예요!"

아카드와 테디는 동시에 소리쳤다.

'꼭 젊었을 때 로드와 마담을 보는 것 같군.'

블라디우스가 알고 있던 메디아 가문의 후계자는 절대 감정을 드러내지 않는 소년이었다. 하지만 5년의 시간은 소년을 청년으로 만들었을 뿐만 아니라 내면까지 바꾸어 놓았다.

총집사 블라디우스는 소년에서 어디 내놔도 부끄럽지 않을 자랑스러운 청년으로 변한 후계자의 모습에 속으로 흐뭇한 미소를 지었다.

"여기서 세워 주세요."

마차가 귀족 지구를 지나치려고 하자 테디가 다급히 마부를 불렀다.

"무슨 일이라도?"

"집이 이 근처예요."

테디의 대답에 블라디우스가 창밖으로 고개를 내밀었다. 왼쪽과 오른쪽으로 갈라지는 갈림길 옆에 은행가와 귀족 지구를 안내하는 표지판이 보였다.

"시간이 늦었는데 혼자 찾아가실 수 있겠습니까? 댁까지 모셔다 드리겠습니다.”

“말씀만으로도 감사합니다만, 여기서부터는 혼자 가겠습니다.”

블라디우스가 옆에 있는 끈을 당기자 종소리가 울리며 마차가 멈췄다.

“감사했습니다.”

테디는 공손하게 감사의 인사를 표했지만 아카드는 뿔난 표정으로 정면만 바라보며 꿈쩍도 하지 않는다.

그런 소공자의 태도가 미안한지 블라디우스가 대신 마차에서 내렸다. 그러고는 고개를 살짝 숙이며 의미심장한 눈빛으로 테디에게 말했다.

“앞으로 우리 공자님 잘 부탁드리겠습니다. 위대한 가문에 도움이 되었으면 되었지, 결코 누를 끼치는 일은 없을 겁니다.”

“네?”

테디는 잠깐이지만 호의 어린 시선으로 자신을 바라보는 블라디우스를 지켜보았다. 당장이라도 부정하고 싶었지만, 자신에 대해 뭔가 알고 있는 듯한 눈치다.

“가 볼게요.”

테디는 총집사 블라디우스에게 천천히 고개를 끄덕이며 어둠 속으로 사라졌다.

*　*　*

다음날 새벽.

아카드가 토마스에게 던진 물건의 정체는 검은 가죽 주머니.

"이게 뭡니까?"

"열어 봐!"

그 안에는 노틸러스 제국의 새로운 신분증과 제국은행 신용카드, 그리고 요즘 유행한다는 마이너스 통장이 들어 있었다.

"내일 당장 상단청에 가서 상단 사업자 등록을 마치고 신시가지에 적당한 건물 하나 매입해. 부동산은 거래 기록이 남으니까 마이너스 통장으로 지불하고."

"제 생활비는 카드로 쓰란 말씀이시죠?"

"일단 이건 임시 신분증이야. 다음 주에 네 이름이 내무성에 등록될 예정이니까 정식 신분증은 그때 주지. 그때까지 몸조심해. 괜히 검문에 걸려서 빼내려면 골치 아파."

"제가 얼마나 조신한 사람인데. 마스터도 별 걱정도 다 하셔."

"허튼 데 쓰지 말고, 건물 매입과 직원들 모집하는 데 쓰도록 해."

"걱정 마십시오. 그런데 직원은 얼마나 뽑을까요?"

"일단 우리가 생각한 부서마다 하나씩만 뽑아. 똘똘하면 두 명도 괜찮고."

"능력 빵빵한 놈으로 대령하겠습니다. 마스터."

"중요한 것은 능력이 아니야. 근성과 희생, 이 두 가지만 본다."

"하지만 너무 멍청하면."

"근성과 희생을 바탕으로 경험이 쌓이면 스스로 길을 찾게 돼. 칼빈 기억 안 나?"

"헉! 그 이름은 제발 부르지 말아주세요. '칼' 자만 들어도 자다가 벌떡 일어날 지경인데."

"그리고 말이야."

말을 꺼낸 아카드가 잠시 망설였다.

이야기를 해야 하는지 말아야 하는지 한참을 고민하는 그에게 토마스가 말했다.

"지금 말하기 힘드신 이야기면 나중에 말씀해 주세요."

토마스는 아카드가 망설이는 이유가 밝히기 힘든 비밀과 같은 은밀한 종류의 이야기여서라는 것을 알아차렸다.

'은밀한 이야기는 재앙을 불러 온다' 는 것을 잘 아는 토마스이기에 별로 궁금해하지도 않았다. 아카드가 부담 갖지 않도록 편하게 말했다.

"지금 말하는 것은 옵션이야. 반드시 위험을 무릅쓰면서까지 찾아낼 필요가 없다는 이야기야. 알아들어?"

"네. 편하게 말씀하세요."

"일단 정보길드에 대해 알아봐. 특히 전갈 문양을 사용하는 길드면 더 좋고."

"네. 또 있어요?"

"만약에 쓸 만한 정보길드를 구하면 블랙 드래곤 문양을 쓰는 단체에 대해 알아봐."

"블랙 드래곤요?"

토마스는 어이없는 표정을 지었다.

"그러니까 그냥 참고 정도만 해줘."

"네."

아카드는 토마스의 표정을 보고 안심했다. '무엇 때문이냐' 고 꼬치꼬치 캐묻지 않고 기억만 해 준다면 그것으로 만족이다.

마지막에 토마스에게 부탁한 것이 아카드에게는 사업을 일으키는 것보다 백배는 중요한 문제였다. 블랙 드래곤의 문양을 쓰는 단체에 대한 정보가 있어야 어머니의 복수를 할 수 있으니까.

잠시 살기 어린 눈빛을 띤 아카드가 평소의 모습으로 돌아와 토마스에게 당부했다.

"기록을 남겨야 하는 큰돈은 마이너스 통장, 소액 쓸 때는 카드로 긁어."

"이 카드도 기록에 남지 않나요?"

"게일스 공작 기억하지?"

"연합군의 합동 공격으로 죽은 진 제국 총사령관이요?"

아카드의 얼굴이 토마스를 향해 다가갔다.

"어. 그 사람 카드야. 비자금으로 연결된 카드니까 걱정 말고 긁어!"

*　　*　　*

제국에 도착한 지 삼 일이 지난 후 아카드의 여독이 풀어질 때 쯤.

총집사 블라디우스는 아카드를 마차에 태우고 어딘가로 향하고 있었다.

"뭐야! 꼭 가볼 데가 있다는 곳이 아카데미였어?"

"모르셨습니까? 오늘이 제국 아카데미 면접 날이지 않습니까? 미리 제가 편지 속에 적어 드린 것으로 압니다만."

"토마스!"

아카드의 고함 소리가 마차 안을 쩌렁쩌렁하게 울렸다.

토마스는 재빨리 딴 곳을 쳐다보며 휘파람을 불어댔다.

이마엔 식은땀이 송골송골 맺힌 채, 곁눈질로 아카드의 안색을 살폈다.

"총집사의 말이 사실이야?!"

거친 아카드의 추궁에 땀을 삐질삐질 흘리던 토마스는 '에라이, 모르겠다. 배 째!' 라는 심정으로 소리쳤다.

"제 탓이 아니에요! 공자님께서 편지를 읽지도 않으시고 곧바로 구겨 버리시는 바람에 벌어진 일이라고요!"

"토마스!"

아카드는 한숨을 쉬며 고개를 흔들었다.

"일단 내려 줘."

"죄송합니다, 도련님. 아카데미 면접에 필요한 모든 물품을 직접 챙겨 드리라는 백작님의 명령을 도저히 어길 수가 없군요."

"총집사!"

아카드가 굉장히 언짢은 표정으로 블라디우스를 노려보았다. 블라디우스도 후계자의 눈빛을 피하지 않고 담담히 받아들인다.

"정말 이러면 뛰어내릴 거야."

"뛰어내리는 순간 공자님의 재산은 메디아 가문에 곧바로 귀속될 것입니다. 공자님의 사병 계좌를 관리하던 사람이 저라는 것을 잊지는 않으셨겠지요?"

아카드와 총집사 블라디우스의 눈싸움은 한참 동안 계속 되었다.

승자는 정해져 있었다.

전쟁터에서 목숨을 걸며 벌어들인 피 같은 재산을 볼모로 잡힌 아카드가 절대 이길 수 없는 싸움이다.

"좋아! 그깟 면접 못 볼 것도 없지."

"좋은 판단입니다."

"대신……."

블라디우스는 순순히 받아들이는 소공자의 대답에 끄덕이던 고개를 멈췄다.

차분한 소공자의 표정이 뭔가 불길하다.

"주는 것이 있으면 받는 것도 있어야지. 안 그래?"

"소공자님, 이건 거래의 대상이 아니라고 생각합니다만."

"그럼 거래 불가! 전쟁상인에게 거래할 수 없는 건 없어. 어떻게 할 거야?"

"좋습니다. 대신 최선을 다해 면접을 봐주셔야 합니다."

소공자에게 약한 블라디우스는 어쩔 수 없이 항복 의사를 밝혔다.

"거래 성립. 최선을 다하지."

Chapter 4.
제국 아카데미

"더럽게 크네."

아카드가 마차에서 내려 아카데미 정문을 바라보며 느낀 첫 인상이다.

노틸러스 제국 아카데미는 황실 다음으로 꼽힐 정도로 넓은 부지를 지녔으며, 다양한 양식의 건축물들을 자랑한다.

정문 너머로 보이는 수많은 하얀색 건축물 아래의 녹색 잔디 바다. 그 사이를 물줄기처럼 곡선으로 뻗어 있는 대리석 도로는 끝이 보이지 않는다. 잔디 위에 드문드문 배치된 바위부터 간이 화장실 하나까지 절로 감탄사가 나온다.

"돈지랄도 이 정도면 예술이지."

입구에서부터 면접을 보는 건물까지 길을 잃어버리지 않도록 화살표 모양의 비싼 마법 전광판이 곳곳에 도배되어 있다. 그것으로도 부족했는지 중간중간에 '안내' 라고 적힌 띠를 매고 있는 사람까지 동원되었다.

오늘 면접은 제국 아카데미 졸업생 추천장을 받은 귀족과 상단가 자제들만을 대상으로 하는 특별 전형이다.

제한된 사람에게만 허락되는 특별 전형에 참여하기 위해 아스테리아 대륙의 모든 귀족 자제들과 유명한 상단가 자제들이 몰려왔다. 특별 전형의 모집 인원은 오십 명인데 응시생만 이백 명은 되어 보인다.

비교적 일찍 도착했음에도 불구하고 아카데미 입구는 제법 많은 인파로 북적거렸다. 슈트 차림부터 타국의 고유 의상까지. 응시생들의 옷차림은 가지각색, 천차만별이다.

주변을 둘러보던 아카드가 혀를 찼다.

"쯧쯧…… 벌써부터 파벌 싸움이냐?"

교문 앞 학생들은 크게 두 패거리로 나뉘었다.

슈트 포켓에 가문의 문양을 수놓은 패거리와 손목에 상단의 이름을 금실로 수놓은 패거리.

전자는 백작 이상의 귀족 가문 자제들.

후자는 대형 상단 자제들의 무리다.

그들은 서로 모여 면접에 관한 정보를 공유하며 그들만

의 친분을 쌓아 가고 있었다. 두 무리에도 끼지 못한 학생들은 부러운 눈빛이었다. 개중 몇몇은 자신들도 꼽사리나마 낄 수 있지 않을까 싶어 주변을 맴돌기도 했다.

쯧쯧.

아카드는 못마땅한 표정으로 학생들을 바라보다가 천천히 마차에서 내려 그들 사이를 지나쳐 곧장 정문으로 향했다.

"처음 보는 얼굴인데 누구지?"

"진짜 잘생겼다."

"사교계에서 한 번도 본 적이 없는 얼굴인데?"

"포켓에 문장이 없잖아? 상단가의 자제인가?"

아카드는 무관심으로 일관하며 면접장에 일찍 들어가기 위해 늘어선 줄의 가장 끝에 섰다.

잠시 후, 정문이 열리고 검문소처럼 게이트 하나하나에 소속 경비병들이 자리를 잡았다.

"지금부터 게이트를 열겠습니다. 응시생들은 신분증과 아카데미에서 발송한 서류를 보여 주시기 바랍니다."

경비병들의 책임자로 보이는 40대 중반의 사내가 앞으로 나와 학생들을 바라보며 외쳤다.

정문에 모여 있던 학생들이 순식간에 게이트로 몰려들었다. 경비병들은 게이트로 다가오는 학생들의 신분증과 아카데미에서 발급한 통지서를 확인했다. 원칙상 통지서와 신분증 둘 중 하나라도 없는 학생은 정문을 통과할 수 없었다.

응시생 이외 타인의 출입을 막고, 대리 면접을 방지하기 위한 장치였다.

"뭐야! 그깟 종이 쪼가리가 뭐라고 내 앞길을 막아! 당장 게이트 열어!"

"저희는 규정대로 할 수 밖에 없습니다. 지금이라도 늦지 않았으니 통지서를 가져오시기 바랍니다."

갑자기 한쪽 게이트에서 날카로운 고함소리가 들렸다. 면접을 보러 온 학생들의 시선이 한곳으로 향했다.

"아, 빨리 들어가고 싶은데."

아카드는 난데없는 소란에 투덜거렸다. 하필이면 자신이 서 있는 게이트였다.

빨간 머리카락의 작은 여학생이 아카데미에서 발급한 통지서를 놓고 왔는지 경비병에게 소란을 피워댔다. 뭐가 그리 당당한지 소녀는 신분증을 내밀었다.

경비병의 얼굴에는 난감한 기색이 역력했다. 원래대로라면 매몰차게 쫓아내는 것이 원칙이다. 하지만 철부지 여학생이 내민 신분증이 경비병을 난감하게 만들었다.

붉은 루비 세 개와 고서 모양의 문양이 새겨진 네모난 신분증. 하필 많은 귀족 중에서도 제국 3대를 걸쳐 교육부 대신을 맡아 온 마카디아 가문의 여식이다. 경비병은 아카데미 소속으로 교육부에서 집행하는 월급을 받는 처지. 자신에게 불똥이 튀지 않을까 싶어 안절부절못했다.

그때 40대 중반의 경비병이 다급하게 달려왔다.

"무슨 일인가?"

"대장님, 저기 앞에 서 있는 영애께서 통지서가 없는데 통과시켜 달라고 떼를 피우셔서……."

"뭐야? 내가 지금 떼를 쓰고 있다는 거야, 뭐야?"

경비대장은 게이트를 걷어차며 난동을 부리는 여학생 앞으로 다가갔다. 빨간 롱코트 가슴팍에 금실로 새겨진 문양을 보자마자 경비대장이 고개를 돌려 남몰래 한숨을 푹 내쉬었다.

'하필이면 걸려도 성질 더럽기로 유명한 마카디아 백작 가문의 막내딸? 이걸 어쩌지? 난감한데.'

마카디아 가문은 제국에 존재하는 12백작 가문 중 하나로, 현 가주는 교육부 대신을 맡고 있는 머거본 마카디아 백작이다. 작은 키에 열 받으면 땅콩을 던지는 습관 때문에 시민들에게는 땅콩 백작으로 더 유명하다더니, 딸내미도 제 아비 성질을 쏙 빼닮은 모양이다.

경비대장 입장에서는 자신의 밥줄을 쥐고 있는 가문의 여식인지라 최대한 공손한 태도로 다가갔다.

"당신이 책임자야?"

마카디아 가문의 영애는 경비대장을 향해 앙칼진 목소리로 소리쳤다.

"네. 제가 아카데미 경비대장을 맡고 있습니다만, 저희 직원이 백작가 영애께 무슨 실수라도 하였는지요?"

"무슨 일을 이 따위로 하는 거야! 당장 저놈 해고하고 게이트 열어!"

"죄송합니다. 통지서가 없으시면 아카데미 규정에 따라 마로니에 양은 출입할 수 없습니다."

"뭐?"

"저희는 규정을 따를 수밖에 없군요. 머거본 백작님께서도 너그럽게 이해해줄 것이라 믿습니다."

"야! 너네들 전부 모가지 날아가고 싶어?"

마로니에 백작 영애 뒤에 줄서 있던 아카드는 두 사람을 흥미롭게 지켜보았다.

가문을 배경으로 협박하는 대신의 막내딸과 규정을 근거로 게이트를 막고 있는 경비대장.

자존심과 신념의 싸움.

아카드가 보기에 둘 다 이득 하나 얻을 수 없는 싸움이다. 오히려 경비대장이 손해였다.

며칠 후 그의 인생이 어떻게 될지 눈에 보듯 선명했다.

"신념 하나 때문에 모든 것을 잃다니. 보기와는 다르게 최악이군."

입구에서 일어난 소동 때문인지 아카데미 안에서 교복을 입은 재학생 하나가 다가왔다. 훤칠한 키에 수려한 외모의 남학생은 경비대장의 어깨를 두들겼다.

"경비대장, 마로니에 양에게 얼른 사과를 하고 문을 열게."

"베로스 도련님! 규정이……."

두 사람 사이를 끼어든 남학생의 이름은 베로스.

2학년 대표이자 노동부 고위 공무원인 폰테인 자작의 둘째 아들이다.

그는 마로니에 백작 영애와 신입생들에게 깊은 인상을 남기고 싶은지 우아한 걸음걸이로 경비대장 곁으로 다가갔다.

"가족을 생각해야지. 자네 가족이 이 일을 알면 얼마나 슬퍼하겠나."

"하지만 이 일을 총장님이 알아채신다면……."

"걱정 말게. 내가 2학년 대표 아닌가. 총장님께는 내가 잘 말씀드려주지."

남학생은 웃는 표정으로 히쭉거렸다.

가족이라는 말 한마디에 한참 동안 망설이던 경비대장은 막고 있던 바리게이트를 힘없이 들어 올렸다. 그러고는 백작 영애를 향해 고개를 숙였다.

"무례를 끼쳐 죄송합니다."

짝!

게이트를 통과한 백작 영애가 경비대장의 뺨을 후려쳤다. 순식간에 뺨을 얻어맞은 경비대장의 고개가 돌아갔다.

"고작 고개 숙인 걸로 끝날 줄 알아? 당장 거리에 쫓겨나기 싫으면 무릎 꿇어!"

마로니에 백작 영애는 얼굴이 붉게 달아올라 있었다. 아무래도 자신 때문이 아니라 앞에 있는 베로스라는 재학생 때문에 사과했다는 사실이 그녀의 자존심을 상하게 한 모양이다.

"마로니에 양, 이쯤에서 마무리를 짓는 것이 어떻소?"

"제 가문의 자존심이 달린 문제예요. 상관하지 마세요."

"그……렇죠? 그럼 알아서 해요."

가문을 들먹이며 표독스럽게 바라보는 눈빛에 베로스는 어깨를 으쓱거리며 뒤로 물러났다.

경비대장은 무너진 신념과 수많은 학생들의 눈빛 속에서 처참한 기분을 느꼈다. 하지만 곧 가족이라는 단어 하나에 천천히 무릎을 굽혀야만 했다.

그때 그의 어깨를 잡아 주는 가녀린 손길이 있었다.

"일어나세요. 경비대장께서는 충분히 칭찬받을 만한 행동을 하셨어요. 부끄러워할 필요 없어요."

한 여학생의 등장에 모든 응시생의 시선이 집중되었다.

"우와아!"

엄청난 환호성. 모든 학생들은 경비대장을 부축한 여학생을 동경 어린 시선으로 바라보았다.

반짝이는 금모랫빛 긴 머리카락과 펜으로 그린 것 같은 눈썹, 오뚝한 코, 투명할 정도로 새하얀 피부와 붉은 입술. 갸름한 얼굴에 청록색 에메랄드를 박아 놓은 것 같은 눈동자의 조화는 마치 신의 손길이 닿은 것같이 아름다웠다.

마로니에 영애와 베로스는 표정이 살짝 일그러졌다.

"에레나 선배님……."

"에레나 선배님, 지금 무슨 짓이죠?"

2차 전쟁인가? 이번에는 누가 이득을 볼까?

아카드는 흥미를 갖고 사태를 관찰했다.

사그라졌던 싸움의 불씨가 활활 타올랐다. 자고로 세상에서 제일 재미난 게 불구경과 싸움 구경이다.

아카드는 재미난 표정을 짓다가 고개를 갸우뚱한다.

분명 처음 보는 얼굴인데? 어디서 봤더라?

그런데 단순히 아카드만의 착각은 아니었는지, 에레나라는 학생 역시 이쪽을 보다가 황급히 시선을 돌렸다. 아주 잠깐이지만 아카드와 눈이 마주쳤다.

이거 어째 더 수상하다? 하지만 그런 생각도 잠시.

마로니에 영애가 발끈하며 소리쳤다.

"선배님! 이 상황을 설명해 주실 의무가 있을 것 같은데요?"

하지만 에레나는 마로니에 쪽으로 시선도 두지 않았다.

"베로스, 지금 상황에 대해 설명해 주시겠어요?"

무시당했다고 생각했는지 마로니에가 꽥 소리를 질렀다.

"에레나 선배님!"

에레나의 차분하지만 서릿발처럼 차가운 눈빛에 주눅 들어 아무 말도 못 하는 자신이 더더욱 수치스러웠다.

미모(자신은 절대 인정하지 않겠지만), 배경, 평판 그리고 주변의 따가운 분위기까지. 마로니에 백작 영애에게 유리한 것은 하나도 없었다.

'제대로 폼 한번 잡으려다가 이 무슨 망신이람.'

2학년 대표 베로스는 죽을 맛이었다. 자작가의 아들인 그로서는 공작 가문과 백작 가문이라는 거물 사이에서 속만 타들어갔다.

"베로스, 설명해 달라는 제 말이 안 들리시나요?"

"에레나 선배님, 그게 말입니다……."

베로스는 어쩔 수 없이 에레나에게 사실대로 미주알고주알 다 털어놓았다. 이야기를 듣는 에레나의 표정이 점점 차가워졌다. 전반적인 상황을 파악한 에레나는 마로니에 앞으로 다가가 입을 열었다.

"경비대장께 사과하세요."

"못 해요! 제가 왜요?"

"영애의 가문을 생각해서 제 선에서 마무리하려고 했는데 어쩔 수 없군요. 이번 일, 학생부 차원에서 총장님께 따로 건의 드리도록 하겠어요."

"다, 당신 정말……! 이러기예요?"

두 고위 귀족가 영애들의 기 싸움으로 학생들조차 숨소리를 죽이고 있을 때, 장난기가 묻어나는 저음의 목소리가 파고들었다.

"길 막지 말고 비켜 주지?"

아카드는 그러건 말건 간에 여학생을 오른손으로 밀어내며 성큼성큼 게이트 앞으로 다가갔다. 싸움이 너무 싱겁게 가라앉아 흥이 싹 가라앉았다.

아카드는 아직까지 수치심과 억울함으로 고개를 푹 숙이고 있는 경비대장에게 신분증과 통지서를 내밀었다.

"지나가도 되겠습니까?"

경비대장은 양손으로 뺨을 치며 고개를 흔들었다. 사적인 감정보다는 의무가 우선이다. 통지서와 신분증을 꼼꼼히 확인하고 고개를 끄덕였다.

"확인 끝났습니다. 통과하셔도 됩니다."

"오늘 고생이 많군요."

"괜찮습니다. 아카드 님도 좋은 결과 있으시기를 바랍니다."

경비대장은 제국의 백작 가문 자제임에도 불구하고 존댓말을 쓰는 아카드의 모습에 살짝 놀랐다. 어디 백작 가문에 사는 시건방진 딸내미와는 천지차이였으니까.

경비대장은 진심으로 눈앞의 청년이 합격하기를 바라는 마음을 담아 고개를 숙였다. 그러고는 다른 게이트들을 돌아다니며 경비병들을 다독였다.

'최악인 줄 알았는데…… 쓸 만하네?'

정문을 통과하면서 아카드는 내심 놀랐다. 누구나 이런 상황을 겪게 되면 수치심과 모욕감으로 쥐구멍에라도 숨고 싶을 텐데, 공사를 구분하는 경비대장에게 적잖이 감탄한 것이다.

아카드가 안내문에 따라 면접장으로 향하려 할 때, 뒤에서 부드럽지만 질책이 담긴 목소리가 따라붙었다.

"당신이 말릴 수는 없었나요?"

설마 나에게 말하는 건가? 아카드는 발걸음을 멈췄다. 뒤돌아보니 에레나가 원망스런 눈빛으로 바라보고 있었다.

"내게 하는 말인가?"

Chapter 5.
아카데미 면접

"맞아요. 메디아 가문의 자제분."

메디아 가문? 설마 해적왕의 아들?

잠잠했던 학생들의 수군거리는 소리가 커졌다.

대륙전쟁에 기여한 공로로 황제가 해적왕에게 직접 백작의 작위를 하사했다는 소문이 자자한 화제의 가문이다.

새로운 흥밋거리를 찾은 이들의 눈이 반짝거린다.

"이익도 없는 싸움에 내가 끼어들어야 하는 이유라도 있나?"

"사람이 부당한 일을 당하면 이익에 앞서 먼저 도와주는 것이 사람의 도리가 아닐까요?"

"도리? 우습군."

"제 말이 그렇게 우습게 느껴지나요?"

"그렇지 않나? 가장 이익을 많이 본 사람이 이익을 부정하니 우스워서 말이지."

"그 말씀 취소하세요. 제가 무슨 이익을 봤다는 거죠?"

"힘의 우위 확인과 정의로운 이미지 부각. 이 두 개로도 모자라서 명예까지 차지하시려고? 최고 가문의 영애치고는 너무 욕심이 많은 거 아닌가? 하나 정도는 양보해야지."

"아카드! 당신, 정말……."

"우리가 어디서 만난 적이 있었나? 너무 친숙하게 이름을 불러대니 영 기분이 이상해서 말이지."

아카드가 입꼬리를 올리며 에레나 앞으로 천천히 다가갔다. 묘하게 퇴폐적인 웃음을 지으며 아카드가 다가오자 에레나는 일말의 불안이 뇌리를 스쳤다.

저 표정, 뭔가 위험해.

"우리 내기 하나 할까? 당신이 주장하는 그 인간의 도리 때문에 저 성실해 보이는 경비대장이 이익을 봤을까? 아니면 손해를 봤을까?"

아카드는 은밀하게 그녀만이 들을 수 있도록 허리를 굽혀 에레나의 귓가에다 도발적인 음성으로 속삭였다.

"저리 가요!"

화들짝 놀란 에레나는 양팔로 아카드를 밀어냈다. 곧바로 붉게 달아오른 귀를 감쌌다.

"당신이 질걸요? 절대 경비대장이 이번 일로 부당한 처분을 받지 않을 테니까요!"

"그럼 내기 성립! 건투를 바라지. 하하하."

말을 마친 아카드는 몸을 돌려 면접장을 향해 걸어갔다. 그는 뭐가 그리 즐거운지 걸어가는 내내 어깨를 들썩이며 웃고 있었다.

'역시 기분 나빠. 당신이란 인간은.'

불만 섞인 시선으로 아카드의 뒷모습을 바라보던 에레나의 표정에 장난기가 가득한 웃음이 피어났다.

'내가 당하고만 살 것 같지? 어디 당신도 한번 당해 보라고!'

그녀는 어딘가로 발걸음을 재촉했다.

*　　*　　*

"뭐 이런 개 같은 경우가 다 있어!"

본관 옆 게시판에서 면접 순서를 확인한 아카드가 거칠게 욕설을 내뱉었다. 그는 성큼거리는 발걸음으로 게시판에 몰려든 인파를 뚫고 본관으로 향했다.

학생들은 사라지는 아카드의 뒷모습을 보면서 저마다 수군거렸다.

"하늘에서 뚝 떨어진 백작 가문의 자제께서 왜 저러지?"

"그러게. 게시판에 뭐라도 적혔나?"

"별거 없던데? 면접 대기 순서가 적힌 대자보밖에는."

"잠깐. 저 남자 이름이 아카드라고 하지 않았나?"

"응. 내가 바로 뒤에 있었어. 근데 왜?"

"이거 뭐 좀 이상하지 않니?"

"뭐가? 내가 보기에 평범한데."

"보통 면접 순서는 철자순으로 진행되잖아? 여기 좀 봐 봐."

사람들의 시선이 일제히 게시판으로 향했다. 분명 'A'자로 시작해야 하는 아카드의 이름이 어디에도 없었다.

"어? 그러네? 어떻게 된 일이지? 혹시 이름 잘못 들은 거 아냐?"

"아니야. 똑똑히 들었다고."

"아! 저기 있다."

"어디어디?"

"저기 젤 끝 200번째. 아카드 폰 메디아라고 적혀 있어. 그런데 왜 젤 끝으로 밀려났지?"

제일 앞에 있어야 할 아카드의 이름이 제일 끝에 적혀 있었다. 그것도 급하게 수정한 티를 팍팍 내면서.

"이름이 누락돼서 오늘 급하게 수정한 건가?"

"내가 알기로 이런 적이 한 번도 없었는데. 흠, 뭔가 이상해. 음모의 냄새가 나는데?"

면접을 보러 온 학생들은 의문스러운 표정으로 아카드가 사라진 본관 정문을 바라보았다.

*　　*　　*

아카드는 본관 끝에 위치한 행정 사무실로 향했다.

'왜 이렇게 첫 단추부터 꼬이는 거지? 새로 뽑은 직원 면접부터 시작해서 시장 조사까지, 해야 할 일이 산더미인데! 미치겠군.'

그는 잘못된 면접 순서를 바로잡기 위해 발걸음을 재촉했다. 사무실에 도착하자마자 노크하려고 손가락을 들어 올리는 순간 문이 덜컥 열렸다.

행정 사무실 문을 열고 나온 사람은 뜻밖에도 정문에서 마주쳤던 에레나라는 재학생이다.

"곧 있으면 면접 시간 아닌가요? 행정 사무실에는 무슨 일이시죠?"

"그쪽과 상관없는 일이야."

그녀는 들어가려는 아카드를 몸으로 막았다.

"저에게 말씀해 주세요. 면접 문제로 교수님들이 회의 중이시거든요."

에레나는 문 한쪽에 적혀 있는 경고문을 손으로 가리켰다.

관계자 외 출입 금지

아카드는 글자를 보자마자 치밀어 오르는 화를 삭이기 위해 잠시 벽 쪽을 쳐다보며 한숨을 내뱉었다.

"면접 순서가 오류 난 것 같은데 바로잡아 줬으면 해."

"오류라고요? 그럴 리가 없을 텐데요?"

에레나는 들고 있던 서류첩을 펼쳐서 천천히 읽어보다가 신기하다는 표정을 지었다.

"음. 의외로군요. 하지만 큰 문제는 없어 보이네요."

"눈이 없나? 제일 앞에 있어야 할 내 이름이 맨 끝으로 밀려난 걸 어떻게 설명할 거지?"

"드문 일이긴 하지만 종종 있어 왔던 일이에요. 가끔 이름이 비슷한 학생들끼리 짜고 면접을 보는 경우가 있거든요. 그래서 가끔 총장님께서 몇몇 학생을 지목해 순서를 바꾸시기도 한답니다."

"총장님을 만나 뵐 수 있나? 내가 지목당한 이유를 좀 알고 싶은데."

살짝 상기된 얼굴의 아카드를 보며 에레나는 고개를 돌려 피식 웃었다.

그는 어지간히 화가 많이 난 듯이 보였다.

"만나 뵐 수 없어요."

"왜지?"

"일개 학생들의 불만을 다 들어줄 정도로 한가하신 분이 아니거든요."

"……."

"정 뵙고 싶으면 면접장에 가시든가……."

에레나는 한마디를 던지고는 새초롬한 표정을 지으며 뒤돌아섰다.

서류를 들고 걸어가는 그녀의 발걸음은 어딘지 모르게 경쾌해 보였다.

* * *

10시 30분부터 시작된 면접은 점심시간을 훌쩍 넘긴 2시까지 끝날 줄을 몰랐다. 이제 200명에 달하던 응시생 중 남아 있는 사람은 단 두 명. 아카드와 제퍼드라는 학생뿐이었다.

"미치겠네."

아카드는 그냥 나가 버릴까 수없이 고민했지만, 면접을 보지 않을 시에는 자신의 재산을 환수한다는 총집사 블라디우스의 협박과 면접을 조건으로 내민 부탁 때문에 꼼짝없이 붙어 있을 수밖에 없었다.

"이쯤 되면 막 나가자는 건데."

원래대로라면 무난하게 면접을 보고 오려고 했으나, 총장이라는 작자와 에레나라는 심기 불편한 존재 때문에 아카드의 인내심은 바닥에 다다른 상태였다. 이제 입에서 무슨 말이 튀어나올지 스스로도 장담할 수 없을 정도로 화가 치밀어 올랐다.

곧 닫혔던 면접장의 문이 열리며 얼굴이 하얗게 질린 3명의 학생들이 기어 나오다시피 했다. 영 시원찮게 면접을 본 모양이다.

면접 도우미가 주위를 둘러보았다.

"199번, 200번 들어오세요."

아카드는 맞은편에 앉아 있는 커다란 덩치의 남학생과 동시에 일어났다.

남학생은 '제국 아카데미 면접, 이 한 권이면 무조건 붙을 수 있다' 라고 적힌 책을 손에 꽉 쥐고 한 자라도 더 보기 위해 안간힘을 썼다.

'저놈은 떨어지겠네.'

아카드는 고개를 절레절레 흔들면서 면접장에 들어섰다.

재학생들의 안내로 면접장에 들어간 두 사람 정면에 나란히 앉은 교수들의 모습이 보였다.

5명의 면접관들은 응시생들의 인적 사항이 적혀 있는 서류를 훑어보며 이야기를 나누는 중이었다.

면접은 두 응시생이 앉자마자 예고도 없이 곧바로 시작되었다.

"199번 학생에게 먼저 묻지요."

"네!"

"제국 아카데미에 지원하신 이유는 무엇입니까?"

"장래희망을 상인이라고 적었는데 굳이 아카데미에 다녀야 할 필요가 있나요? 상인인 아버지 밑에서 배울 수 있는 것이 더 많다고 생각됩니다만."

교수들의 질문이 무섭게 쏟아졌다.

"아버지를 따라다니며 책으로 배울 수 없는 소중한 경험을 쌓는 것도 중요하지만, 지금은 배워야 할 시기라고 생각했기 때문입니다."

전형적인 모범 답안을 들은 왼쪽 두 명의 교수들이 흐뭇한 표정으로 고개를 끄덕였다. 사실 세퍼드라는 응시생 아버지의 상단은 제법 인지도가 있는 유명한 상단이었다.

"암. 그럼, 그럼. 배움에는 때가 있는 법이지. 시기를 놓치면 다시 배우기 힘들지."

"아주 기특한 생각이야. 또 한 명의 뛰어난 상인이 탄생하겠군."

물론 모두가 동의하는 건 아니었다.

"어떻게 그렇게 다들 대답이 한결같은지. 대체 저 말을 몇 번째 듣는 거야?"

"그것도 토씨 하나 틀리지 않고 똑같아. 으음! 이만하면 다 외우겠어. 어째 상단가 자제들은 독창성이라고는 눈곱만큼도 없는 모양이야?"

앞서 두 교수의 칭찬에 의기양양했던 응시생은 나머지 두 사람의 혹독한 평가에 고개를 푹 숙인다.

'뭔 놈의 아카데미가 어딜 가든지 싸움질이야? 이래 놓고 뭐? 지성의 요람? 웃기고 있네!'

그때 가장 중앙에 앉아 있던 노인이 호통을 쳤다.

"쯧쯧. 교수라는 것들이 학생들 보는 앞에서 채신머리없이! 잘들 한다. 당장 쫓겨나기 전에 조용하지 못해!"

"죄송합니다. 총장님."

"송구합니다. 총장님."

양 진영의 소란은 순식간에 잦아들었다.

아카드의 눈이 날카롭게 변했다.

'이 인간이 오늘 하루 내 일정을 친히 망쳐 놓은 그 노인네란 말이지?'

총장은 혀를 찼다.

'하여간 이놈의 아카데미를 떠나야 속이 시원해지든가 하지, 원.'

그는 나이를 먹고도 정신 차리지 못하는 인간들을 보고 고개를 절레절레 흔들다가, 우연히 서류에서 흥미로운 걸 찾았다.

'이 녀석인가? 에레나의 관심을 끈 녀석이?'

차분한 아카드의 눈동자와 천진난만한 총장의 눈동자가 처음으로 허공에서 마주쳤다.

제국 아카데미의 수장 레이놀드 총장은 수수한 이미지와는 달리 누구도 함부로 대할 수 없는 거물 중 한 사람이다.

현 노틸러스 제국 황제인 팔라디오 2세와 프레드릭 황태자조차 스승이라고 부를 정도로 영향력이 막강하다. 오죽하면 '제국 황제가 부르면 거부할 수 있지만 레이놀드 총장이 부르면 무조건 가야 한다' 라는 말이 나돌 정도일까?

그런 레이놀드 총장이 호기심 가득 담긴 눈빛으로 아카드를 바라보며 오전에 있었던 일을 떠올렸다.

아침부터 총장을 찾아온 사람은 뜻밖의 인물이었다. 에레나 폰 클라우스. 자신이 아카데미 학생 중 가장 아끼는 학생이었다.

"할아버지, 제 부탁 하나만 들어주실 수 없을까요?"

다른 사람 같았으면 단칼에 거절했을 테지만 에레나라면 이야기가 달랐다.

'이런 부탁을 할 아이가 아닌데. 무슨 일이지?'

2년 동안 학년 톱을 놓치지 않을 정도로 영특한 머리, 신분에 관계없이 모든 사람을 진심으로 대하는 따뜻한 마음씨, 절대 불의에 타협하지 않는 올바른 주관.

모범생이라고 할 수 있는 모든 조건을 갖춘 학생이 에레나다. 또한, 그녀는 총장 자신이 얼마나 비리나 청탁을 혐오하는지 누구보다 잘 알고 있었다.

'그러면서도 부탁을 해 온다? 뭔가 속사정이 있는 모양이군.'

총장은 일단 들어나 보자는 마음에 에레나를 맞은편에 앉혔다.

이윽고 그는 이야기가 계속되는 내내 어깨를 들썩일 만큼 이야기에 빠져들었다.

겨울 방학 과제를 위해 남장을 하고 밀수선에 뛰어든 사건부터 험한 뱃사람들과 지낸 이야기까지. 에레나의 생동

감 넘치는 설명과 섬세한 묘사는 몇 년 만에 총장에게 유쾌한 웃음을 안겨 주었다.

그리고 사건 사이에 등장하는 인물, 아카드.

대놓고 드러내지는 않지만 '아카드' 라는 이름을 입에 담을 때마다 흥분하는 에레나의 표정은 레이놀드 총장의 호기심을 자극했다.

'도대체 어떤 놈이기에 이 녀석이 이렇게 호들갑 떠는 거지?'

이야기를 끝낸 에레나는 정중하게 부탁했다.

아카드의 면접 순서를 제일 나중으로 미뤄 달라는 것. 그리고 총장님이 직접 질문을 해 달라는 것.

'요 녀석 보게? 그러니까 나보고 그 녀석을 떨어지게 해 달라는 말이렷다?'

레이놀드 총장은 에레나가 나가자마자 황실 정보부의 지인을 통해 아카드라는 청년에 대해 알아보았다. 정보를 받아 보고 난 후에 내린 결론은 두 가지.

대박 아니면 쪽박.

'그러니까 전쟁을 통해 떼돈을 벌어들인 놈이 이 녀석일 가능성이 높다고? 거기다가 그 미친놈의 자식이라고?'

이제는 부탁이 문제가 아니다. 자신이 너무 궁금해 미칠 지경이었다.

나이에 어울리지 않는 호기심을 가득 안은 채로 레이놀드 총장은 노구를 끌고 직접 면접장으로 향했다.

물론 면접 시험장에서는 난리가 났다.

지금까지 아카데미에는 총장이 직접 면접에 참여한 전례가 없었다.

1번부터 198번까지 응시생을 쭉 살펴본 레이놀드 총장은 내내 실망을 금치 못했다. 뻔한 질문에 뻔한 대답. 암기위주의 전형적인 대답에서 주입식 교육의 폐해를 두 눈으로 똑똑히 확인할 수 있었다.

얼마나 포장을 잘하느냐의 차이점은 있지만, 결국 맥락은 거기서 거기였다. 식상한 대답의 범주를 벗어난 학생은 단 한 명도 발견하지 못했다.

그리고 지금.

드디어 기다리고 기다렸던 200번째 응시생.

'이놈이란 말이지?'

일단 아카드의 외모를 꼼꼼히 살펴본 후에 내린 첫 번째 결론은 '위험한 놈' 이었다.

갓 소년티를 벗어난 녀석이 철저하게 자신의 감정을 숨기고 웃음으로 방관하는 모습을 보며 레이놀드 총장은 살짝 고개를 갸우뚱했다.

'에레나와 완전 상극인데? 어디 한번 지켜볼까?'

레이놀드 총장은 아카드를 향해 첫 질문을 던졌다.

"200번 학생의 이력은 꽤 흥미롭군. 귀족 가문의 자식이 상인으로 대륙전쟁에 참가했다고 나와 있는데 사실인가?"

"그렇습니다."

"제국 아카데미는 직업을 가진 사람들은 뽑지 않고 있네. 특히 상인은 말이야."

"그렇습니까?"

아카드는 의외라는 표정으로 고개를 갸웃했다.

"그렇다네. 교내에서 상행위를 하는 걸 금지하기 때문이지. 우리가 자네를 떨어뜨린다면 어쩔 생각이지?"

아카드는 속으로 죄 없는 토마스를 난도질했다.

'이 망할 놈의 자식. 제대로 된 정보가 하나도 없잖아. 면접 순서도 그렇고 저 노인장은 또 뭐야? 왜 총장이 직접 면접장에 나타난 거지?'

아카드가 본 총장은 자신이 만나본 어떤 사람보다 자애롭게 웃고 있지만, 실상은 그 반대였다. 천천히 사람의 약점을 괴롭히며 공략하는 자신과는 달리, 철저히 일직선으로 공략하는 성격으로 보였다.

'골치 아프게 됐군.'

자신의 또래 같으면 어설픈 공격을 능구렁이처럼 넘겨버리겠지만, 상대는 산전수전에 공중전까지 다 겪은 능구

렁이다.

'어설프게 대답했다가는 곤란하겠는데?'

상대에 관한 탐색전을 끝낸 아카드는 천천히 입꼬리를 말아 올리며 말문을 열었다.

"아카데미의 처분을 받아들여야겠지요. 대신…… 제국 아카데미 입장에서는 꽤 쓸 만한 원석 하나를 잃게 되겠지요?"

"네놈이 쓸 만하다고?"

"어르신의 생각은 어떠십니까? 잘 갈고닦으면 훌륭한 보석이 되겠습니까? 아니면 바닥에 굴러다니는 돌멩이가 되겠습니까?"

레이놀드 총장과 아카드의 눈빛이 허공에서 부딪혔다.

'위험한 냄새가 풀풀 풍기는 놈! 아카데미에 입학하려는 목적을 밝혀라!'

'장사꾼이 밑천 드러내는 것 봤습니까? 하나를 얻고 싶으면 하나를 내어 주시지요.'

한 치도 양보하지 않는 두 사람의 눈빛은 어떤 창칼의 공격보다 날카로웠다. 총장과 아카드 두 사람의 대화는 잠시 소강상태에 빠졌다.

왼쪽에 있던 두 교수들이 총장과 200번 학생의 대화가 끊긴 틈을 타 199번 학생에게 시선을 돌렸다.

"199번 학생 집안은 4대 상단 중 하나인 차일드 상단 계열의 상단이군요. 주로 밀, 보리 같은 곡식을 다루는 것으로 알고 있는데 특별히 기억에 남는 체험이라도 있나요?"

"네. 작년에 아버지를 따라 보리 구매를 위해 영지를 돌며 밭떼기 거래를 체결하는 현장에 참여한 적이 있습니다. 이번에 보리가 풍년이라 가격이 하락하는 바람에 아버지 상단에서는 큰 손해를 보았습니다. 그렇지만 저에게는 상인의 판단 하나가 얼마나 큰 결과를 초래할 수 있는지 깨달을 수 있는 계기가 되었습니다."

밭떼기는 특정 수확물을 선점하기 위해 농지나 밭을 통째로 거래하는 것을 말한다. 농작물이 자라기 전에 미리 정해진 가격으로 계약하고, 수확하는 시점에 계약한 금액으로 지불하는 것이다.

이후에도 그는 자신의 경험담을 자랑스럽게 늘어놓았다.

질문을 던진 왼쪽의 두 교수들은 만족스러운 얼굴로 고개를 끄덕거렸다.

레이놀드 총장도 고개를 끄덕이며 마지막으로 두 면접생에게 공통된 질문을 던졌다.

"아카데미에서 하고 싶은 거나 건의하고 싶은 것이라도 있느냐? 이 질문이 마지막이니 신중하게 대답하도록."

책에서 본 적 없는 질문에 199번 면접생은 당황했다. 허둥지둥 뭐라고 할지 고민하며 땀을 뻘뻘 흘리는 동안 아카드가 조용히 손을 들었다.

"제가 먼저 대답해도 되겠습니까?"

"오냐. 마지막 질문이니 아주 솔직하게 털어놔 보거라."

말속에 뼈가 들어있는 총장의 대답에 아카드는 고개를 끄덕이며 이야기했다. 차분한 목소리로, 그러나 힘이 담긴 말투로 이야기를 꺼냈다.

"전쟁터에서 생사가 오가고 수많은 일들을 겪으며 저는 한 가지 궁금증을 느꼈습니다."

"뭔가? 이야기해 보게."

"보급만 원활하게 되어도 전쟁은 쉽게 마무리될 것 같은데, 왜 항상 연합군이 유리할 때는 보급이 열악하고, 불리할 때는 보급이 원활할까요?"

"어허! 우리가 묻는 것은 아카데미에 관해 궁금한 점이야!"

주제를 벗어나는 아카드의 설명에 왼쪽에 자리 잡은 상단파 교수가 불편한 목소리를 냈다. 그러자 총장이 입구를 지키고 있는 병사를 손짓으로 부른다.

"이 새끼 끌어내!"

"총장님! 한 번만 용서해 주십시오!"

"볼일 없어. 어서 끌어내."

경비병이 불평하던 왼쪽에 앉은 교수의 양팔을 붙잡고 강제로 끌어냈다.

"꼬마야, 말을 끊어서 미안하구나. 계속해 보거라."

아카드는 총장을 똑바로 바라보며 말을 이었다.

"목숨이 오가는 상황에서도 귀족들과 상인들은 서로를 적군보다도 믿지 못하더군요."

"그러하더냐?"

"전쟁에 승리해서 상대편에게 이익을 안겨 줄 바에는 차라리 적군에게 패하는 것이 더 낫다고 생각하니까요. 완전 막장 소설 아닙니까?"

"어이구."

아카드가 계층 간에 일어나는 갈등의 실태를 지적하자 총장은 이마에 손을 대며 탄식했다. 교수들은 고개를 숙이고 자신에게 불똥이 튈까 싶어 숨도 제대로 내쉬지 못했다.

"그럼 이제 과거는 접어 두고, 아카데미의 현재와 미래에 대해 이야기해 볼까요?"

아카드는 천천히 일어나 심사위원들이 앉아 있는 탁자를 향해 걸어갔다.

탁.

아카드는 면접관들 앞에 놓인 탁자 모서리에 양손을 내려치며 허리를 숙였다. 그는 탁자 내려치는 소리에 놀란 교수들을 바라보며 미소를 지었다.

"저는 아카데미에 입학하면 편하게 낭만을 즐기며 살 수 있을 줄 알았습니다. 그러나 오늘 존경하는 교수님들을 만나 뵙고 나니, 이곳도 제가 겪은 전쟁터와 다를 것이 하나도 없다고 생각됩니다. 그래서 아카데미에 입학하면 무엇을 하고 싶은지 딱히 떠오르지 않습니다."

아카데미가 이 꼴로 변하는 동안 당신이 한 일이 뭐냐? 겨우 이런 곳에 내가 가고 싶어 할 것 같으냐?

아카드는 교수들의 실상을 반어법으로 표현하며 질책의 뜻을 담아 총장을 바라보았다.

"아카데미가 그 지경까지 가도록 내가 가만히 보고만 있을 것 같으냐?"

"한 손으로 저 태양을 가릴 수 있다고 생각하십니까?"

"뭐?"

"물론 총장님은 노력하시겠지요. 그러나 학생들은 총장님의 노력에 감동해 서로 화목하게 지낼까요? 더더욱 갈등의 골은 깊어지고, 몇 년 후 이 아카데미는 권력 전쟁에서 승리한 자녀들의 사교장이 될 것이라고 예측합니다만."

아카드가 한 마디 한 마디를 뱉을 때마다 총장 이마의 주름이 깊어진다. 아카드와 대화 몇 마디 했을 뿐인데 몇 년은 더 늙어 보였다.

"그래서 자네한테는 무슨 좋은 수라도 있고?"

최후의 방어선을 지키는 노병의 눈빛과 젊은 사자의 눈빛이 마주쳤다. 총장과 아카드는 눈빛을 주고받으며 끊임없이 상대에게 백기를 강요한다.

그러다 슬쩍 패 하나를 풀었다.

"어항에 물고기가 살 수 없으면 새 물로 갈아야지요."

"아카데미 교수를 물갈이한다?"

레이놀드 총장의 절망적인 눈빛 한 구석에 희망의 빛이 반짝였다. 좀 더 이야기를 풀어 보라는 표정이다.

아카드는 호기심 어린 시선으로 자신을 바라보는 교수들을 향해 말했다.

"연구 실적이 떨어지고 자리만 차지하는 교수들은 잘라내고 계파에 관계없이 실력 위주로 교수를 채용하는 겁니다. 거기에 한 가지 더."

"그게 뭔가?"

레이놀드 총장의 상체가 순간적으로 아카드를 향해 기울었다. 그만큼 궁금하다는 반증이다.

"공공의 적을 만드는 것!"

아카드가 검지를 치켜세우며 눈을 반짝였다.

"뭉치는 데 그거보다 더 좋은 약이 있습니까? 하하하."

"그래도 반발이 심하지 않을까? 휘지리는 인간들이 넹예에 살고 명예에 죽는 인간들이거든."

"너무 이기적인 생각 아닙니까? 학생들은 흘러가는데 교수님들만 남아 있고 싶어 하는 것은 욕심이라고 생각합니다."

"그런가? 자네가 생각해도 좀 그렇지? 학자라는 것들이 원래 그래. 최선의 선택보다 최고의 선택을 좋아하거든. 유연한 자네가 이해해 주게. 자네가 생각하는 최고의 선택과 최선의 선택은 무엇인가?"

아카드의 말에 남아있는 세 명의 교수가 순식간에 벌떡 일어났다. 저, 저 자식이 대체 뭐라고 떠들어대는 거야! 총장 때문에 입은 열지 못했지만, 눈빛 하나만큼은 살벌했다.

Chapter 6.

A&M 투자상단

"살아남는 방법은 두 가지가 되겠지요. 최고의 선택은 승자의 사람들로 교수진을 바꾸는 것이고, 최선의 선택은 양쪽 모두를 만족시키는 교수진으로 구성하는 방법이겠지요."

"그 방법은 너무 번잡해. 매번 바꾸는 것도 고역이고. 이 늙은이의 나이도 생각해 줘야지."

"아직 10년은 거뜬하실 것 같습니다만."

"예끼. 신소리하지 말고, 더 쉬운 방법 없겠나? 자네라면 생각해 놓은 것이 있을 텐데?"

아카드를 바라보는 총장의 눈빛이 심상치 않다.

아카드는 속으로 투덜거렸다. 노친네 욕심도 많네. 정신

똑바로 차리지 않으면 다 털리겠어.

“매번 학기가 끝날 때마다 학생들이 교수에 대한 평가를 하는 방법은 어떨까요? 물론 비밀이 보장되도록 무기명으로 해야겠지만.”

“평가를 한다? 그것도 학생들이? 오호. 그거 절묘한 방법일세. 그럼 교수들도 외압에서 벗어날 수 있고 교육의 질도 올라가고, 꿩 먹고 알 먹기일세.”

남아 있는 두 교수의 얼굴이 심각하게 굳었다.

아카드의 말을 풀어서 생각하면, 항상 대접받으며 학생들에게 지시만 내리던 갑을 관계가 갑자기 뒤바뀐다는 뜻이 된다. 교수들은 상상만 해도 끔찍한 미래에 고개를 절레절레 흔들었다.

“하긴 교수님들께는 날벼락 같은 일이겠습니다. 그렇게 되면 철밥통…… 아, 이런 죄송합니다. 저도 모르게 말실수를 해 버리고 말았군요. 최고의 안정된 직장이라고 꼽히는 아카데미 교수님들도 치열한 눈치 싸움을 벌여야 할지도 모르겠네요.”

죄송하다고 했지만 아카드는 ‘철밥통’이라는 단어에 힘을 강하게 실었다. 면접관들의 얼굴이 푸르딩딩해지는 꼴은 우습기만 했다.

“어쩌면…… 방금 전까지 같은 편이었던 면접관이 당신

의 뒤를 노릴지 모르는 일이지요."

두 명의 교수들이 갑자기 섬뜩한 표정으로 서로를 쳐다보았다. 설마 하는 표정으로 서로를 바라본 면접관들은 어색한 웃음으로 마무리한다.

"하하하. 농담입니다. 이렇게 훌륭하시고 고명하신 분들께서 뒤통수를 치는 교양 없는 짓을 할 리는 없으시겠지요. 하지만 경쟁이 필요하다는 생각에는 변함이 없습니다."

아카드의 웃음소리에 정신을 차린 레이놀드 총장은 자리에서 천천히 일어섰다. 아카드와의 기 싸움 때문에 현기증이 돌아 살짝 휘청거렸지만 표정은 밝았다.

"200번 학생의 좋은 의견, 새겨듣도록 하지. 아쉽지만 오늘은 여기까지 하겠네. 다음번에는 개인적으로 이야기를 나눌 수 있었으면 좋겠군."

"말씀만 들어도 너무 감사합니다만 저도 꽤 바쁜 몸이라."

"이 늙은이 곧 있으면 눈 감을 날이 멀지 않은 것 같으니, 너무 야박하게 굴지 말고 말동무나 해 주시게."

아카드는 거절의 의사를 확실하게 밝혔지만, 레이놀드 총장은 어느새 처음에 보여 주었던 장난스러운 표정으로 돌아갔다. 아카드는 그게 더 맘에 안 들었다.

'노인네가 양심이 있어야지. 아카데미 총장이라는 작자가 또 삥 뜯으려고? 어림없지.'

레이놀드 총장과 교수 두 명이 면접장을 나가려고 하자 아카드도 천천히 일어나 갈 준비를 했다.

"아, 그러고 보니 말일세, 혹시 자네 검은 상인에 대해서 잘 아나?"

문을 나서려던 레이놀드 총장이 걸음을 멈추고 아카드에게 장난스러운 말투로 물었다.

"글쎄요? 처음 들어 보는 이름입니다만."

"그런가? 이상하군. 자네라면 잘 알 것 같았는데."

아카드는 살짝 얼굴을 굳혔다가 곧 풀었다. 하지만 너무 갑자기 찔러 들어온 공격이라 표정 관리를 잘 못 했다.

레이놀드 총장은 올 때와는 다르게 가벼운 발걸음으로 면접장을 빠져 나갔다. 총장실을 향해 힘차게 걸어가는 그의 검버섯 가득한 노안에 장난기가 가득하다.

'진짜가 나타났군. 당분간 심심하지는 않겠어.'

* * *

아스테리아 대륙의 모든 황금이 모인다고 해서 '황금의 구역' 이라는 애칭을 가지고 있는 신시가지 상업 지구.

"손님, 도착했습니다."

"여긴가."

마차 문이 열리고 앳된 얼굴의 청년이 정면을 바라보며 내렸다.

"어이쿠. 도련님, 감사합니다."

마부에게 2골드를 지불하고 마차에서 내린 인물은 아카드였다. 검은색 수트에 흰 셔츠를 입은 아카드는 마차에서 내리자마자 정면에 있는 건물 간판을 올려보았다.

A&M 투자상단

다른 도시에서 볼 수 있는 무뚝뚝한 직선으로 설계된 건축물과는 확연히 달랐다.

대륙 최고의 상단들이 모여 있는 거리답게 베이지색 벽돌과 파랑색 돔형 지붕이 세련되면서도 깔끔한 이미지를 풍기고 있었다. 기존 직선 형태의 바로크 양식과는 달리 곡선을 강조해 아담하면서도 품격 있는 아르누보 양식의 4층 건물은 지나가던 사람들의 시선을 붙잡았다.

왼쪽으로는 제국은행, 오른쪽으로는 대형 상단들 사이에 위치한 이런 건물은 사고 싶다고 살 수 있는 건물이 아니다. 아마 토마스의 발품과 블라디우스 총집사의 도움이 있었기에 살 수 있었을 것이다.

"그 녀석이 밥값은 제대로 했군."

아카드는 건물의 외관이 만족스러운지 고개를 잠시 끄덕이고는 4층 건물의 입구를 잡아당겼다.

문을 열고 들어가자 분주하게 움직이는 사람들 사이로 토마스의 고함 소리가 사무실을 가득 메웠다.

"지금 일하자는 거야? 말자는 거야?"

"죄송합니다. 부마스터."

"이런 식으로 일할 거면 당장 나가! 그 악마한테 걸리면 너만 죽는 게 아니야. 나까지 죽어. 알았어?"

"다시 만들어서 올리겠습니다."

토마스는 뭐가 그리 마음에 안 드는지 고함을 치며 신입 직원의 눈물을 쏙 빼놓았다.

'드래곤이 없을 때는 오우거가 왕이라고 하더니.'

아카드는 직원들을 쥐어짜는 토마스를 바라보며 흐뭇해하고 있었다. 아카데미라는 변수로 출렁대는 모습에 걱정했지만, 이 정도면 마음을 놔도 될 것 같았다.

"됐어. 그 정도만 하지."

"어느 놈이…… 헉! 마스터 오셨습니까?"

토마스가 화들짝 놀란 표정으로 아카드에게 부리나케 달려왔다.

"하하하! 모두 이리 와. 우리의 물주님께 각자 소개를 해야지?"

토마스는 얼렁뚱땅 넘어가기 위해 어색한 웃음을 지으며 직원들을 불렀다.

"이번에 뽑은 신입 직원들입니다. 모두 5명입죠."

토마스의 손짓에 달려온 사람들은 자신의 고용주를 조심스럽게 살펴보았다. 앞으로 자신의 고용주가 어떤 사람인지 각각의 기준으로 탐색하는 모습이다.

그중에서 짧은 머리를 한 건강한 덩치의 사내가 앞으로 나와 자신을 소개했다.

"로우라고 합니다. 아카데미에서 법을 전공했습니다. 앞으로 잘 부탁드리겠습니다."

그 뒤를 이어서 통통한 몸에 곱슬머리가 인상적인 청년이 앞으로 나왔다.

"파머라고 합니다. 아카데미에서 농수산물을 전공했습니다."

세 번째로 나온 인물은 작은 키에 하얀 로브를 입은 청년이었다.

"마법공학을 전공한 매지슨이라고 합니다. 앞으로 잘 부탁드리겠습니다."

"금속학을 전공한 아이언이라고 합니다. 최선을 다하겠습니다."

마지막으로 수줍어하며 나온 직원은 의외로 드워프 여성

이었다. 그녀는 얼굴을 붉히며 조심스럽게 작은 목소리로 자기소개를 했다.

"식품학을 배운 그로세라고 해요. 앞으로 잘 부탁드려요."

"그래. 잘 부탁한다."

아카드의 대답에 그로세는 화들짝 놀라며 얼굴을 붉혔다.

아카드는 신입 직원들의 모습을 둘러보았다. 자신을 바라보는 직원들의 눈동자에는 호기심, 불안감, 의문감이 뒤섞여 있었다.

'고생 한 번 안 해 봤을 것같이 예쁘장하게 생긴 어린 청년이 황금의 전쟁터에서 버틸 수 있을까?'

직접 자신의 고용주를 대면한 직원들의 머릿속에는 대부분 이런 의구심과 불안함이 자리 잡았다.

사업이란 보이지 않는 전쟁의 연속이다.

어떻게 보면 창칼로 싸우는 전쟁보다 더욱 무서운 싸움이다. 보이는 적뿐만 아니라 보이지 않는 적까지 간파하고 대비한다고 해도 살아남는다고 장담하지 못하는 것이 사업이다.

부마스터 토마스를 통해 어리다는 언질은 받았다. 그러나 실제 아카드와 마주친 직원 몇몇은 한숨을 내쉬었다.

아무리 살펴보아도 여자마저 초라하게 만드는 곱상한 외모와 호리호리한 체구에서는 전쟁터를 지휘하는 사령관의 모습은 찾아볼 수 없었다. 돈 많은 집안의 공자가 심심풀이로

하는 사업 놀이의 희생양이 된 것은 아닌지 걱정마저 들었다.

그런 직원들의 눈빛을 읽어서일까?

아카드는 기분 나쁜 내색 없이 그들을 향해 말했다.

"사람들이 일을 할 때는 두 가지 부류가 있지."

"어떤 사람들입니까?"

처음으로 자신을 소개한 로우가 물었다. 신입 직원들을 대신해 말하는 투가 마치 신입 사원들을 대표하는 것 같았다.

'벌써 서열이 잡힌 모양이군.'

아카드는 직원들의 분위기를 감지하며 말을 이었다.

"그냥 일하는 사람과 목숨을 걸고 하는 사람이 있지. 내가 원하는 사람은 목숨을 걸고 하는 사람이다. 이곳에서 하는 일에 인생에 가치를 부여하고 희생할 수 있는 사람. 이곳은 그냥 밥만 축내는 식충이들이 일할 수 있는 곳이 아니다. 만약 그런 사람이 있다면 지금 나가라. 붙잡지 않겠다."

어수선했던 직원들의 눈빛이 아카드에게 집중되기 시작했다. 아카드가 하는 말을 한 마디도 놓치지 않겠다는 듯이 노려보았다.

"이곳에 남겠다면 끝장을 보겠다는 마음가짐으로 남아라. 목숨을 걸고, 상대가 죽지 않는다면 내가 죽는다는 마음가짐으로 일해라."

"목숨 걸고 일한 우리가 얻게 되는 것은 무엇입니까?"

로우가 공격적인 어조로 물어보았다. 마치 대단하지 않으면 가만히 두지 않겠다는 듯한 표정이었다.

"지금 내 앞에 있는 5명은 큰 꿈을 안고 대륙 최고의 명문이라는 제국 아카데미를 졸업한 인물들이겠지?"

"네, 그렇습니다."

"막상 졸업하고 사회에 나와 보니 어때? 너희들의 꿈을 펼칠 수 있는 곳이 있던가? 없었겠지. 장부 정리나 하면서 허송세월을 보냈겠지."

"……."

직원들은 분한 모습으로 뭐라고 항변하고 싶었지만, 아무런 대꾸를 할 수 없었다. 사실이기 때문이다.

"세상은 아카데미에서 배운 것처럼 노력과 열정만으로 되는 게 아니거든. 그 노력과 열정도 준비되어 있는 사람에게나 가능한 것이지, 네놈들처럼 세상과 싸울 무기도 준비 안 된 놈들에게는 해당되지 않는 말이야."

아카드의 신랄한 비판에 직원들이 폭발하기 시작했다.

"그래서 하고 싶은 말이 무엇입니까?"

"저희가 이 회사에서 나가기를 원하십니까?"

"지금 놀리시는 겁니까?"

자신들보다 나이도 어린 사람이 숨기고 싶은 약점을 찌르자 직원들의 입에서 거친 소리가 나왔다.

"상상도 하지 못한 깜짝 놀랄 만한 일들을 자신의 손으로 다루게 해 주지. 다른 곳에서는 감히 상상도 할 수 없을 정도의 성과를 자신의 손으로 만들어 나갈 수 있는 기회를 주겠다는 말이야. 그러니까 목숨을 걸어. 그럼 자신이 발견한 원석을 보석으로 만들어 낼 수 있도록 A&M 투자상단이 힘껏 밀어주지."

아카드의 말이 끝나자마자 직원들은 한참 동안 멍한 표정으로 있었다. 법을 전공한 로우 역시 멍하게 있더니 고개를 흔들었다. 그는 방금 꿈에서 깬 사람의 얼굴로 아카드에게 손을 내밀었다.

"마스터, 잘 부탁드리겠습니다."

아카드는 로우가 내민 손을 힘차게 잡았다.

토마스는 직원들의 모습을 바라보며 흐뭇한 미소를 지었다.

무엇이든지 처음이 가장 중요하다.

토마스가 밤을 새 가며 심사숙고하여 유능한 인재를 뽑았지만, 기본적으로 사회에 불만이 많은 직원들이었다.

진정으로 마스터를 따를 것인가에 대해서는 토마스가 할 수 있는 영역 밖의 문제다. 그가 할 수 있는 일은 유능한 직원을 선발하는 것까지가 한계다. 나머지는 자신이 가장 믿고 존경하는 마스터의 영역이다.

한마음으로 아카드를 마스터로 인정하고 전력투구한다면 잠들어 있던 직원들의 재능이 발휘될 것이다. 그러나 겉으로 인정하는 척하며 시간만 때운다면 평범한 사람을 뽑는 것만 못한 것이 된다. 재능을 가진 사람이 딴마음을 품는 것보다 무서운 것은 없기 때문이다.

토마스는 직원들의 열정적인 눈빛을 보며 가슴을 쓸어내렸다. 그들의 눈빛은 빛났으며, 마스터의 말 한 마디도 놓치지 않으려 아카드에게 귀를 기울이고 있었다.

직원들이 남들에게는 숨기고 싶었지만 애타게 갈구했던 것을 마스터가 말해 주고 있었다.

직원들이 간절히 원하는 것은 기회의 평등.

새로 뽑은 직원들은 집안의 배경과 연줄이 없어 황실이나 제국은행, 심지어 그보다 아래라고 평가받는 대형 상단에도 들어가지 못한 사람들이었다.

결국 학자대출금을 갚기 위해 울며 겨자 먹기로 중소 상단에 들어갔지만 그들이 하는 일은 허드렛일에 불과했다. 직원들이 이곳으로 옮긴 이유도 전의 직장보다 월급을 더 많이 주기 때문이지, 어떤 구체적인 희망을 가지고 온 것은 아니었다.

그런데 아카드가 그들이 원하는 것을 단번에 파악하고 공략하기 시작하자, 직원들의 몸에 점점 힘이 들어간다.

'이제 큰 걱정은 덜었어.'

토마스는 안도의 한숨을 쉬며 아카드에게 다가갔다.

"마스터, 2층으로 올라가시죠. 마스터의 공간도 구경하셔야지요."

"올 사람은 다 왔나?"

"네. 거의 다 오긴 왔는데."

토마스가 누구를 기다리는지 입구 쪽을 바라보며 말끝이 흐려졌다.

"왜? 아직까지 출근 안 한 사람이 있나?"

쾅!

갑자기 입구가 활짝 열렸다. 허겁지겁 들어온 청년이 가쁜 숨을 내쉬며 몸을 들썩였다.

"죄송합니다. 아카데미 과제 때문에 좀 늦었습니다."

문틈에서 불어오는 차가운 바람 소리와 함께 맑고 씩씩한 목소리가 들려왔다.

아카드가 뒤를 돌아보자 긴 머리를 묶고 콧수염을 휘날리며 들어온 청년이 그를 보고 손을 흔들었다.

"너, 너?"

"오랜만에 뵙겠습니다."

한 청년의 등장에 아카드의 얼굴은 굳어버렸다.

"네……가 여길 왜 와!"

"테디…… 살짝…… 아주 살짝 늦었네?"

토마스가 황당해하는 아카드의 눈치를 보며 슬금슬금 테디 옆으로 다가간다.

"테디, 어서 와!"

"테디, 오늘 작성한 기획서가 있는데 회계 자료 좀 부탁해도 될까?"

"어서 들어오지 않고 뭐해?"

"추운데 오느라 고생했어. 난로 옆으로 와."

아카드와 테디의 관계를 모르는 남자 직원들은 며칠간 테디와 같이 일한 경험이 있어서인지 웃으면서 반겨준다. 신입 직원들은 한참 놀고 싶은 학생임에도 불구하고 학비를 벌겠다며 출근하는 테디를 기특한 눈빛으로 바라보았다.

특히 파머는 싹싹하고 똑 부러지게 일하는 테디의 모습에 듬뿍 반했는지 난로 옆자리까지 양보하며 손짓하고 있었다.

단 두 사람만이 복잡하고 불편한 표정으로 테디를 바라보고 있었다.

아카드와 유일한 신입 여자 직원인 그로세. 특히 테디를 바라보는 그로세의 표정은 왠지 묘하면서도 복잡한 감정이 뒤섞인 표정이다.

"파머 선배님, 호의 감사히 받겠습니다."

테디는 아카드의 눈치를 보는 토마스 뒤에 바싹 붙어 난로 곁으로 다가왔다. 난로 옆에 선 테디는 아카드를 바라보며 오른손을 내밀었다.

"마스터, 정식으로 인사드리겠습니다. 오늘부터 회계 업무를 지원하게 될 인턴 직원 테디라고 합니다."

아카드는 테디의 내민 손을 거들떠보지도 않았다.

"나가."

아카드는 차가운 목소리로 말했다.

"마스터, 또 왜 이러실까? 이미 직원 선발에 대해서는 저에게 일임하셨잖아요."

토마스가 슬쩍 아카드의 눈치를 보면서 달래려 했지만, 아카드는 눈 하나 꿈쩍 않았다.

"안 나가?"

"그럼 3개월 치 월급을 주셔야 하는데요?"

테디는 이런 상황을 예상했다는 듯이 고용 계약서를 아카드의 눈앞에 떡 내밀었다.

제일 먼저 아카드의 눈에 들어온 것은 고용 계약서 맨 아래에 빨간 줄로 표시된 문구였다. 정당한 이유 없이 해고할 경우 3개월 치 월급을 지불해야 한다, 라는 조항이었다.

아카드의 눈이 단번에 불타오른다. 만약 눈에서 마법이 나올 수 있다면 화염 마법으로 단번에 계약서를 불태웠을 것이다.

"마스터, 이런 아르바이트생은 어디서 구하기 힘들어요."

토마스의 말에 그로세를 제외한 4명의 남자 직원들은 일제히 고개를 끄덕이며 지지했다.

토마스를 비롯한 직원들의 간절한 부탁에 결국 아카드는 고집을 접었다.

"좋아. 대신 딱 3개월만이야. 그 이상은 안 돼!"

그는 테디를 한 번 노려보고는 직원들과의 첫 회의를 위해 찬바람을 풀풀 날리며 집무실로 걸어갔다.

* * *

"전쟁이 끝난 후, 밀과 보리값이 큰 폭으로 하락하고 있는 상황이라 좀 더 살펴볼 필요가 있습니다. 무엇보다도 투자를 위해서는 생산자인 귀족과 거래를 터야 하는데 그 부분에서 막히고 있는 상황입니다. 여러 가지 상황으로 볼 때 식량에 투자하는 것은 힘들다고 판단을 내렸습니다."

"결국 보류라는 말이로군. 그렇지?"

"송구하지만 지금으로서는 관망하는 것이 현명한 선택이라 생각됩니다."

"흠."

아카드는 자신의 집무실에서 직원들이 작성한 기획서를

보고 있었다.

"금속이나 목재 상황은 어떤가?"

금속학을 전공한 아이언이 일어서서 자신의 기획서를 직원들에게 돌렸다.

"목재 쪽의 전망은 보고서에서 보시는 대로 투기라고 생각되어 제외했습니다."

"이유가 뭐지?"

"처음에는 전쟁을 끝내고 건축 사업이 활발할 것이라고 예측했습니다. 그러나 화폐 실명제가 시행된다는 소문에 대부분 시장의 큰손들이 해외로 자금을 돌리거나 금과 같은 현물로 바꾸는 추세라, 당분간 수요는 없을 것으로 예상됩니다."

"시장에서 자금이 돌지 않는다? 대책은?"

"광산 회사 쪽을 눈여겨보아야 할 것 같습니다. 아무래도 진 제국과 교류가 시작되면 북쪽의 광산 개발이 활발해질 것으로 예측됩니다."

아카드는 한숨을 쉬며 직원들을 둘러보았다. 대부분의 계획이 지켜보거나 미래에 실행될 수 있는 것들이다. 지금 당장 실행할 수 있는 기획은 하나도 없었다. 대부분 장기적인 투자가 필요하거나 상황을 살펴보아야만 하는 기획들이다.

"다른 사람들의 기획서도 전부 이런 식인가?"

"화폐 실명제가 도입되는 시점에 당장 무슨 액션을 취하기에는 무리가 있는 듯합니다."

토마스가 직원들을 대변해 조심스럽게 이야기를 꺼내지만, 돌아오는 것은 아카드의 면박이었다.

"장난치나? 이 정도 기획서는 지나가는 애들 붙잡고 시켜도 할 수 있어. 시장에 자금이 돌 때까지 월급이나 축내면서 놀겠다고?"

아카드가 목소리가 차갑다. 그의 눈빛에 직원들은 고개를 숙이고 아무 말도 하지 못했다.

"모든 장기적인 계획은 단기적인 수익이 뒷받침되어야 실행될 수 있다는 걸 몰라? 그동안 전부 손가락이나 빨고 있을래?"

"하지만 지금 당장……."

"닥쳐! 네놈들은 세상이 불공평해 기회를 얻지 못했다고 생각하지?"

"마스터, 말씀이 너무 심하십니다!"

"심한 건 너희들이지. 잘 들어."

아카드는 날카로운 눈빛으로 직원들의 눈을 하나하나 마주치며 말했다.

"세상이 네놈들에게 기회를 주지 않는 것은 쓸모가 없기 때문이야. 귀족 자제들? 대형 상단의 자제들? 네놈들이 아카데미에 입학해 술 마시고 흥청망청 놀 때 그들이 무얼 하고 있었는지 떠올려 봐. 아마도 네놈들이 놀고 있을 때도 그놈들은 치열하게 경쟁하며 세상에 나갈 준비를 하고 있었을걸? 내 말이 틀려?"

"저희는 그렇게 술 마시며 흥청망청 시간을 헛되이 보내지 않았습니다!"

로우가 자리에서 벌떡 일어나더니 못 참겠다는 투로 아카드를 바라보았다.

"그럼 하나만 묻지. 너희는 아카데미에서 그놈들을 씹어먹을 만큼 노력을 하였나?"

주먹을 쥐고 아카드를 노려보았던 로우가 슬그머니 자리에 앉았다. 그리고 나머지 직원들도 아카드의 눈빛을 피하기 시작했다.

"했을 리가 없지. 했으면 이딴 기획서 따위는 올리지도 않았겠지."

직원들은 고개를 숙이고 아무 말도 못했다.

"저희 생각이 짧았던 것 같습니다. 다시 올리도록 하겠습니다."

아카드의 호된 질책에 직원들은 서서히 자리에서 일어났다

"서류만 끄적이지 말고 밖으로 나가. 발로 뛰라고! 나가서 죽는다는 각오로 뛰어!"

"알겠습니다."

직원들의 표정이 울상이다. 항상 사무실에서 장부만 정리하던 그들이기에 밖에 나가서 무엇부터 해야 하나 고민하는 눈치였다.

물론 채찍질만 하는 건 아카드가 아니었다. 유독 테디의 일에는 감정적으로 나서지만, 그는 본래 검은 상인이라 불리던 자. 어린 나이답지 않게 사람들을 어떻게 다뤄야 하는지도 아주 잘 알고 있었다. 이제는 당근을 던질 차례였다.

어깨를 축 쳐진 상태로 나가는 직원들의 등 뒤로 귀가 번쩍하는 제안이 들려왔다.

"아, 그리고 이 말을 깜빡했군. 우리 상단은 자신이 기획하고 회사에 이익을 가져다주는 사람에게 수익의 1%를 인센티브로 지급할 계획이다."

쿵.

직원들의 발걸음이 굳어 버렸다. 그들은 약속이나 한 듯이 몸을 돌려 아카드를 쳐다보았다.

"저, 정말이십니까? 월급과는 상관없이 주신다는 겁니까?"

"그래."

굳어졌던 직원들의 얼굴에 갑자기 엄청난 투지가 타올랐다. 아카드의 개인 집무실을 나가는 직원들의 발걸음은 기사를 방불케 할 만큼 힘찼다.

단 한 사람, 로우의 표정만은 밝지 않았다. 법을 전공한 로우가 하는 일의 특성상, 그의 업무는 대부분 회사의 수익을 방어하는 데 특화되어 있기 때문이다.

"로우는 잠시 앉지."

힘없이 걸어가는 로우를 아카드가 불러 앉혔다.

"왜 그러나? 자신 없어?"

"아무래도 제가 하는 일의 특성상 수익을 창출하기는 힘들지 않겠습니까?"

"그럼 만들어."

"네?"

로우는 놀란 표정으로 아카드를 바라보았다. 법을 전공한 졸업생들이 하는 역할은 자문이다.

자문이 하는 일은 외부의 공격에 대응하여 소송 관련 일을 처리하고 법의 개정에 따른 손익을 분석하는 일이었다.

전쟁으로 따지면 수익을 창출하는 공격보다는 자산을 지키는 수비에 특화되었다고 할 수 있다. 그런데 수익을 내라고 하니 로우는 어리둥절할 수밖에 없다.

"앞으로 상상도 할 수 없는 상대의 공격이 시작될 거야. 당신이 해야 할 일은 한 가지. 그들의 공격을 수단과 방법을 가리지 말고 막아! 그럼 지킨 만큼 다른 직원들과 동일하게 보상을 해 주지."

"잠시 만요! 상상도 할 수 없는 상대라면 4대 상단을 말씀하시는 겁니까?"

"패기만만한 신입이라고 들었는데 이거 영 실망인데?"

아카드의 대수롭지 않은 반응에 로우의 눈이 갑자기 커진다.

"그들보다 큰 세력이라면 설마……?"

"거기까지만 이야기하도록 하지."

로우는 소파에 털썩 주저앉았다. 힘이 풀린 표정으로 말했다.

"제가 감당하기 힘든 일입니다."

"지원이 필요하면 얼마든지 요구해. 상단 차원에서 부족함 없이 지원할 생각이니까."

"그들의 공격이 제가 감당할 수 없을 정도가 되면 어떻게 해야 합니까?"

로우의 목소리가 떨리기 시작했다. 아카드의 감당할 수 없는 제안으로 인해 자신이 손을 떨고 있다는 사실조차 모를 정도였다.

"절대 그런 일은 없을 거야."

"어떻게 확신하십니까?"

"내가 왜 이 자리에 있다고 생각하나?"

"네?"

로우가 우물쭈물하며 답변을 하지 못하자 아카드는 피식 웃으며 대답했다.

"원래 대가리들이 하는 일이 이런 거야. 엄청 복잡하게 보여도, 하는 일은 이거뿐이지. 뒤는 확실히 막아 주지. 할 수 있겠나?"

"하겠습니다. 아니, 해 보이겠습니다."

"그럼 여기서 뭐해? 나 같으면 당장 나가서 화폐 실명제의 허점부터 파고들 텐데?"

로우는 허겁지겁 일어나 아카드를 향해 허리를 숙였다. 그의 눈은 감탄을 넘어서 존경의 눈빛으로 가득했다.

"그럼 바로 시작하겠습니다."

"기대하지."

토마스는 무엇에 홀린 듯이 허둥지둥 빠져나가는 로우의 모습을 보며 감탄을 금치 못했다.

"마스터, 역시 말발 하나는 죽이십니다."

"신소리 말고 일해. 직원 뽑느라 고생했으니, 조만간 한턱 쏘지."

고개를 숙인 토마스를 달래며 일어서는 순간, 아카드는 그를 불편하게 하는 존재를 발견했다.

바로 임시 사원 테디다.

테디는 부담스럽게 반짝거리는 눈으로 아카드에게 다가

왔다.

"사실이에요?"

"저리 가. 부담스럽게 왜 이래?"

테디가 앞으로 다가오자 아카드는 뒷걸음치며 불편한 표정을 짓는다.

"그러니까 사실이냐구요."

"그러니까 뭐!"

아카드가 다가오지 말라는 의미에서 큰소리를 쳤지만 테디는 한 발자국도 떨어지지 않는다.

"수익을 올리는 직원에게 1%의 보너스를 준다는 말, 사실이냐구요!"

"그렇다면?"

테디는 쑥스러운 듯이 뒤에 감추어 놓았던 종이 한 장을 내민다.

"뭐야?"

"제 기획서 딱 한 번만 읽어주세요."

아카드는 자꾸 재촉하는 테디의 모습에서 뭔가 불길한 느낌을 받으며 천천히 보고서를 향해 시선을 옮겼다. 보고서를 읽어 내려갈수록 아카드의 얼굴은 심하게 일그러졌다.

Chapter 7.
맥주장인 라거

저녁노을이 붉게 물들어 가는 저녁.

택시 한 대가 클라우스 브릿지 위를 신나게 달려가고 있었다.

저 멀리 구시가지가 천천히 모습을 드러내고 있었다. 신시가지의 높고 화려한 색상의 외벽과는 달리, 구시가지는 대부분이 붉은색의 벽돌로 지어진 낡은 건물들이었다.

택시 마차 창밖으로 구시가지의 모습을 바라보는 한 청년의 표정은 즐거워 보였다.

창밖을 바라보며 양팔을 펼치는 테디와는 달리 맞은편에 앉은 아카드의 표정은 어두웠다.

'저놈의 기획서를 읽어 보는 게 아니었는데.'

아카드는 사무실에서 테디에게 당했던 일을 회상하며 인상을 찌푸리고 있었다.

"한 번만 읽어주세요. 네?"

"토마스, 뭐 해! 얼른 내보내."

보고서를 읽어 달라며 고집 피우는 테디와 옥신각신하던 아카드가 갑자기 음흉한 미소를 지었다. 테디를 쫓아낼 기발한 생각이 떠오른 것이다.

"아니지, 우리 막내 직원께서 손수 정성스럽게 쓰셨다는데 당연히 읽어 봐야지. 부마스터도 그렇게 생각하지?"

"네? 그렇기는 하지요."

토마스는 3년 이상 아카드 밑에서 눈칫밥을 먹었기에 심상치 않다는 생각이 들었다. 재빨리 테디에게 나가라는 눈치를 주었다.

테디도 이상하다고 느꼈는지 발을 빼려 했지만, 어깨에 걸쳐진 아카드의 팔이 쉽게 퇴장을 허락하지 않았다.

"어디 가시려고. 보고서 같이 읽어 봐야지."

아카드는 도망가려는 테디의 어깨를 더 세게 잡아당겼다. 그러고는 테디의 귓가에 얼굴을 갖다 대었다. 그런 아카드의 행동에 당황했는지 테디의 얼굴이 화끈 달아올랐다.

"잠깐만요. 잠깐만 좀 떨어져……."

"기획서라는 건 기사의 칼이랑 똑같은 거야? 그치?"

"네?"

분위기와는 전혀 다른 아카드의 목소리에 테디의 눈이 동그랗게 커졌다.

"기사들은 칼로 적을 베지. 하지만 상인은 이 머리로 상대를 무찌르거든. 여기까지 동의하나?"

"그…… 그렇다고 볼…… 수 있죠."

"그럼 이 기획서는 네 무기라고 볼 수 있는 거네. 안 그래?"

"그……런가요?"

아카드는 떨리는 목소리로 대답하는 테디를 바라보고 의미심장한 표정으로 물었다.

"기사가 전쟁터에서 상대를 찌르지 못하면 어떻게 될까?"

"찔려 죽……겠지요."

"역시 제국 아카데미 학생이라 금방 알아듣네. 똑똑한 애들은 길게 설명 안 해도 되니 참 편해."

"……."

아카드는 보고서를 테디의 눈앞에서 흔들며 섬뜩한 미소

를 지었다.

"그럼 이 보고서로 나를 이기지 못하면 어떻게 될까? 정당한 해고 사유가 되겠지?"

"순 엉터리! 그냥 보지 마! 보지 말라고!"

쾅!

테디는 두 손으로 아카드의 가슴팍을 힘껏 밀치고는 씩씩거리며 마스터 집무실을 벗어난다.

그 모습을 통쾌하게 바라보던 아카드는 테디가 작성한 기획서를 공중에 날려 버렸다. 그러고는 의자에 앉아 뱅글뱅글 돌며 후련하다는 표정으로 패배자의 뒷모습을 감상했다.

"……악마."

토마스는 그런 마스터를 질렸다는 표정으로 바라보다 땅에 떨어진 기획서를 주섬주섬 주웠다. 그러다 고개를 갸웃거렸다.

"근데 마스터, 이 기획서 좋은데요? 당장 써먹죠."

토마스는 1분이 채 지나기도 전에 아카드의 통쾌한 기분을 망쳐 버렸다. 그는 아카드 곁으로 다가와 심각한 표정으로 보고서를 내밀었다.

"다 끝난 일을 갖고 또 뭔 소리야? 써먹자니?"

아카드는 보고서를 받아 읽기 시작했다. 아카드의 시선

이 아래로 내려갈수록 이마에 맺힌 주름도 하나둘씩 늘어나기 시작했다.

잠시 후.

"……젠장."

아카드의 짜증 섞인 한숨과 함께 A&M 투자상단의 첫 프로젝트는 놀랍게도 인턴 직원의 기획으로 결정되었다.

마차가 도착한 곳은 구시가지의 드워프 지구.

구시가지에서도 다소 퇴락한 거리에 위치한 이곳은 북쪽의 패자 진 제국의 횡포를 피해 도망친 드워프들이 모여 사는 곳이다.

마차에서 내린 아카드와 테디 눈앞에 '용사의 망치'라는 촌스러운 이름의 선술집 간판이 몸을 흔들며 춤을 추고 있었다.

"여긴가?"

"네. 지난번 배에서 잔치할 때 칭찬받았던 맥주도 이곳에서 구입했어요. 같이 들어가시죠."

테디는 뿌듯한 표정으로 선술집을 향해 씩씩한 발걸음으로 진군했다.

'역시 마음에 안 들어.'

아카드는 자신감 넘치는 테디의 뒷모습을 보며 고개를

흔들었다.

술집의 문을 열자마자 드러나는 광경은 허름한 외관과 전혀 달랐다. 외부에서 보이는 이미지와는 달리 내부는 개방적이고 청소도 잘되어 있다. 100명에 가까운 손님들이 한 손에 맥주잔을 들고 서로의 잔을 부딪치며 하루의 고생을 씻어 내고 있었다.

"역시 인기가 좋은 술집은 손님이 먼저 알아보는군요."

"빨리 자리나 잡아."

"저기 자리가 비었네요."

테디의 안내에 따라 북적거리는 손님들을 비집고 자리 잡은 아카드는 주변을 둘러보았다. 술꾼들의 모습을 살펴보던 그는 의아함을 느끼고 고개를 갸웃거렸다.

구시가지는 각 종족에 따라 구역이 존재하며, 구역간의 왕래는 거의 없을 정도로 폐쇄적이다. 그런데 이곳에서는 드워프뿐만 아니라 엘프, 인간, 요정족까지 제국에 존재하는 모든 종족들이 맥주라는 매개체를 중심으로 서로 어울려 마시며 즐거워하고 있다.

"좋은 곳이죠?"

"그렇군."

테디는 의외라는 눈빛으로 아카드를 바라보았다. 자신의 말에 동의해 주는 아카드의 대답이 의외라는 표정이다.

"아늑하고 정겨워요. 맥주 한 잔에 사람들이 저렇게 좋아하는 모습도 신기하고."

"저렇게 서서 마시니 많은 사람들이 들어올 수 있고, 회전도 아주 빠르군. 또한 직접 술을 가지러 가야 하니 인건비도 절약되고. 선불이라 돈 떼일 염려도 없으니 아주 좋은 곳이군. 참고하도록 해."

테디의 인상이 단박에 구겨졌다.

"맥주나 한 잔 가져와."

"직접 가세요. 저쪽에 붙어 있는 글자 안 보이세요?"

테디의 손가락이 가리키는 벽마다 보이는 문구.

'술과 안주는 SELF' 라는 붉은색의 글자가 사방 벽에 선명하게 적혀 있었다.

술을 마시고 싶은 손님들은 카운터에서 미리 계산을 하고 직접 맥주통의 꼭지를 틀어 맥주잔에 따라 마시는 방식이었다.

"저건 즐기러 온 사람들에게나 해당하는 거고, 난 네 고용주야. 창조주보다 높은 고용주! 알아들어?"

"와, 치사해!"

"얼른 가져와. 싫으면 열려 있는 문으로 나가시든가."

아카드는 주머니에 손을 넣어 엄지손가락을 튕겼다. 땡그랑 소리와 함께 5개의 은색 동전이 포물선을 그리며 테디의 손바닥에 떨어졌다.

“우와, 치사하게 자기 것만 주는 거 봐.”

“배에서 그 난리를 치고도 또 드시려고? 빨리 갔다 와.”

화가 났는지 씩씩거리며 걸어가는 테디의 뒷모습을 보며 아카드는 간만에 시원하다는 표정이 되었다.

유명한 선술집과 여관은 상인에게는 중요한 정보 수집의 장소다. 특히 이곳은 드워프 지구임에도 불구하고 다양한 종족들이 찾아온다. 여관은 숙박이 목적이지만 사교를 목적으로 하는 선술집에는 기술자부터 상인, 용병들까지 다양한 직업의 사람들이 모인다.

제각기 안면이 있는 사람들 곁으로 다가가 이야기를 나누는 와중에 정작 주인은 주방에 있는지 모습을 드러내지 않고 있었다.

또한 어디에나 볼 수 있는 술에 취해 난동을 부리는 사람들도 보이지 않는다. 약간이라도 술에 취해 비틀거리면 바로 옆에 있는 사람이 밖으로 데리고 나간다. 즐기면서도 주변 사람에게 피해를 주지 않기 위해 조심하는 모습에서 얼마나 사람들이 이 술집을 아끼는지 알 수 있었다.

‘장사 수완이 제법이군.’

아카드가 무언의 질서를 정해 놓고 지키는 손님들을 보며 속으로 감탄하고 있을 때 테디가 돌아왔다.

탁!

테디는 나무로 만든 맥주잔 두 개를 나무테이블에 내려놓았다.

"분명히 한 잔만 가져오라고 이야기를 했을 텐데. 또 이상한 짓 하면 버려두고 갈 거야."

"제가 마실 게 아니에요."

"그럼 누가 마셔?"

"마스터께서 마셔야죠. 이곳의 가치를 제대로 파악하기 위해서는 두 잔을 다 마셔 봐야 한다고 판단했거든요."

"누가 판단해? 네가?"

"여기 주인이요."

아카드가 주방 쪽을 쳐다보자 붉은 수염이 덥수룩한 짜리몽땅 드워프가 테디를 향해 손을 흔들고 있었다.

"아는 사이야?"

"예전부터 아버지를 따라 종종 들렀던 곳이거든요. 제가 들를 때마다 항상 잘해 주시는 분이에요."

테디가 떠들든지 말든지 아카드는 들은 체도 하지 않았다. 그의 신경은 온통 맥주잔을 향해 있었다.

하나는 배에서 보았던 황금색 액체 위에 하얀 크림이 탐스럽게 흘러내리는 맥주. 다른 하나는 얼마 전 제품화되어 젊은이들 사이에서 선풍적인 인기를 끌었던 맥주로 초콜릿

색깔에 하얀색 거품이 뽀글뽀글 끓고 있었다.

아카드가 황금색 액체의 맥주를 천천히 입으로 가져갔다.

'그때도 맛있다고 생각했지만, 확실히 바로 만든 맥주라 그런지 끝내주는군.'

제국으로 돌아오는 길에 마셨던 맥주보다 훨씬 깔끔하면서 청량하고 톡톡 쏘는 맛이 일품이었다. 이것을 상품화만 할 수 있다면 대형 상단이 독식하고 있는 맥주 시장을 추월하는 것은 시간문제다. 누리끼리하고 김빠진 텁텁한 맥주와는 비교도 안 될 테니까.

"어때요? 괜찮아요?"

아카드는 입맛을 다시며 침을 흘리는 테디의 애절한 표정을 무시하며 다른 맥주잔으로 시선을 돌렸다.

"오호."

"왜요? 왜요?"

눈이 살짝 커진 아카드의 표정에 테디는 그가 어떤 평가를 내릴지 궁금했다.

'이것 봐라?'

앞의 맥주와는 전혀 다른 진한 첫맛은 순식간에 지나가고, 혀끝에 느껴지는 초콜릿향이 입 안 전체를 휘감으며 마무리하고 있었다.

"어때요? 좋아요?"

테디는 반짝이는 눈으로 맥주잔을 쳐다보며 군침을 삼켰다.

"네가 쓴 기획서 당장 진행해!"

아카드의 허락이 떨어지자 테디는 주먹을 불끈 쥐며 당장이라도 주인장에게 걸어가려고 했다.

쾅!

엄청난 소음과 함께 문이 부서질 만큼 세게 열리지만 않았다면.

"어이, 주인장. 장사 잘되나 보네."

"껄껄. 돈을 벌었으면 갚을 줄도 알아야지."

갑자기 들이닥친 불청객들은 손님들에게 눈을 부라리며 고함을 질렀다.

"오늘 영업 끝났으니까 다들 좋은 말 할 때 튀어나가!"

다 녹슨 갑옷을 입은 기사 하나와 부하들이 몰려 들어왔다. 그들은 술을 마시고 있는 사람들을 향해 팔꿈치를 휘두르며 위협을 가했다.

손님들은 예전에도 이런 일을 몇 번 당했는지 주인장에게 미안한 표정을 지으며 선술집을 서둘러 빠져나가기 시작했다.

어느 정도 지났을까?

손님들로 꽉 찬 가게에는 순식간에 흉흉한 기운과 탁자만이 쓸쓸히 남겨졌다. 남아 있는 이들이라고는 드워프 부부와 아카드, 테디밖에 없었다.

"이 새끼들 봐라? 나가라는 소리 못 들었어!"

탁탁.

그들 중 우두머리로 보이는 기사 하나가 칼을 꺼내 위협하며 아카드 앞으로 다가왔다.

기사는 아카드가 앉은 탁자 위에 다리를 턱 올려놓고는, '한 놈 잘 걸렸다' 는 얼굴로 누런 이빨을 드러내며 끼어들었다.

"나가라는 기사님의 말씀이 들리지 않나?"

아카드 앞으로 다가온 기사는 번들거리는 눈빛으로 두 사람을 내려다보았다.

굉장히 큰 거구의 남자였다. 녹슨 갑옷의 오른쪽 가슴에 희미하게 동전이 음각되어 있었다. 제국은행에서 악성 채무자들에게서 대출금을 회수하기 위해 설립된 채권 회수 담당 기사들이다.

"이것들이 맥주를 귓구멍으로 처먹었나. 이 기사님의 말씀이 안 들려?"

기사가 작은 눈을 잔인하게 빛내며 위압적인 태도로 아카드 앞에 섰다. 그는 금방이라도 손에 들고 있는 칼을 내리칠 듯이 빙빙 돌렸다.

“우리 신경 쓰지 말고 너희들 할 일이나 해.”

아카드는 맥주를 음미하기 위해 손에 들고 있던 맥주잔을 기울였다.

그런데 뭔가 이상하다. 맥주잔에 맥주가 없다.

‘설마……?’

아카드가 황급히 옆을 돌아보니 붉게 달아오른 테디가 비틀거리며 기사에게 다가가고 있었다.

“이 나쁜 놈들아! 딸꾹! 힘없는 사람에게 행패나 부리고 말이야. 인간이 그렇게 살면 안 되는……!”

기사와 부하들을 향해 손가락질하던 테디의 가냘픈 몸이 급격히 기울었다. 어쩔 수 없이 테디의 상체를 안게 된 아카드는 땅이 꺼질 듯이 한숨을 내쉬었다.

‘이 자식, 일부러 나 엿 먹이려고 이러는 건 아니겠지?’

테디가 뱉은 말에 기사가 붉으락푸르락해진 표정으로 다가왔다.

“뭐? 쓰레기? 감히 평민 주제에 이 몸을 쓰레기라고 하다니, 죽을 각오는 되어 있겠지?”

그때 구석에서 바들바들 떠는 부인을 안고 있던 드워프가 소리쳤다.

“인간들 나쁘다. 가게 물건 부수고, 손님들 쫓아낸다. 그리고 같은 인간을 죽이려고 한다. 당장 그만둬라!"

으아악!

비웃음 소리와 함께 둔탁한 소리가 나더니 비명이 가게 안에 울려 퍼졌다. 바스타드 소드의 강철로 된 손잡이에 정수리를 얻어맞은 드워프 주인장이 비틀거리며 바닥에 쓰러졌다.

"빚쟁이 주제에 어디서 나대고 지랄이야. 얌전히 기다리고 있어. 다음에는 네놈 차례니까."

"여보! 괜찮나? 이마에서 피가 흐른다."

남편이 기사에게 맞아 쓰러진 모습을 본 주인장의 부인이 한걸음에 달려가 기사의 다리를 붙잡았다. 그러나 기사는 잔인한 웃음으로 바닥에 엎드려 있는 드워프 주인장의 등을 사정없이 밟아 버렸다.

"그만해라! 우리 남편 죽는다."

"그래, 오늘 드워프 부부가 한번 나란히 죽어 보겠다 이거지!"

기사 우두머리는 바스타드 소드를 바닥에 질질 끌면서 드워프 부인을 향해 걸어갔다.

"진짜 쓰레기들이군."

"이거 오늘은 서로 죽여 달라고 난리네. 누구부터 죽여줄까."

악마 같은 웃음을 지으며 아카드와 드워프 부부 쪽을 번갈아 보던 기사의 칼이 테디를 향했다. 엄청난 바람 소리와 함께 바스타드 소드가 술에 취해 기절한 테디를 향해 빠르게 내려오고 있었다.

'미치겠네! 이 자식의 보고서를 보는 게 아니었어.'

후회하기엔 이미 늦었다. 이대로 놔두면 꼼짝없이 테디가 죽을 판이다.

아카드는 망설일 틈도 없이 테디를 향해 뛰어갔다. 허공에서 내려오는 바스타드를 오른손으로 막으며 왼팔로 테디를 끌어안았다.

휘이잉!

열려 있는 선술집 문 밖에서 세찬 바람이 불어왔다.

그리고 쾅!

나무 탁자가 부서지며 굉음과 함께 먼지와 나뭇조각들이 바람에 휩쓸려 사방으로 튀며 탁한 연기가 피어올랐다.

"너 이 새끼! 내 검을 튕겨? 어디서 어설픈 방어술 좀 배운 모양인데?"

먼지가 서서히 걷히며 테디를 끌어안고 있는 아카드의 모습이 나타났다.

'어떻게 된 거지?'

아카드는 고개를 갸웃거렸다.

최소 너덜너덜해질 것을 각오한 오른팔도 멀쩡하다.

'분명히 뭔가가 막아 준 것 같은데. 그래, 바람이 내 앞에 휘몰아친 것까지는 기억하는데. 어떻게 된 일이지?'

기묘한 체험을 한 아카드가 멍한 표정을 지었다.

"이 검도 한번 받아 보거라! 쌍으로 죽여주마!"

자신의 검이 어린 청년에게 막혔다는 것이 화가 나는지 또 다시 칼을 들어 올린다.

"하급 기사 주제에 나대지 말고 오늘은 여기까지 하자. 쓰레기들."

'쓰레기들' 이라는 단어에 힘을 준 아카드가 원래의 표정으로 돌아왔다.

'일단 나중에 생각하고 저 쓰레기들부터 처리하자.'

아카드는 차가운 표정으로 기사에게 다가갔다.

그들에게 다가갈수록 어둠보다 더 어둡게 빛나는 아카드의 검은 눈동자가 보는 기사들의 마음을 불안하게 만들었다.

"설마 귀족?"

"지랄 마! 귀족이 이런 곳에 왜 와?"

딱딱하게 굳어버린 기사가 현실을 부정하듯이 고개를 세차게 흔들었다.

"쓰레기 새끼들이 육체만 둔한 것이 아니라 대가리까지

굳었군. 콩밥 좀 먹어 봐야 정신 차리겠는데?"

아카드가 안주머니에서 미스릴로 만들어진 신분패를 앞으로 쭉 내밀었다. 네모난 미스릴 신분패의 중앙에는 백작 가문의 신분을 나타내는 루비 두 개가 반짝이는 눈으로 기사들을 노려보고 있었다.

'뭔가 일이 이상하게 흘러간다.'

그때서야 기사의 눈에 아카드의 모습이 들어온다. 자신들의 한 달 월급으로도 쉽게 살 수 없는 비싼 원단의 최고급 슈트와 구두, 그리고 자신들을 내려다보며 내뱉는 말투와 전신에 흐르는 묘한 기운. 왜 일찍 알아채지 못했을까?

'젠장.'

부하들을 이끌고 온 볼킨의 인상이 확 구겨졌다.

뒤를 돌아보니 부하들이 슬금슬금 뒷걸음질 친다. 까딱했다가는 치안대에 끌려가 귀족 모독죄로 평생 썩을 수도 있는 상황이다.

그들은 두려운 눈빛으로 아카드의 신분패를 바라보았다.

제국에서는 신분에 따라 신분패의 재질이 달라진다.

시민은 나무패, 하급 기사와 하위 귀족은 철패, 제국은행의 승인을 받은 상인들은 황금패로 신분을 나타낸다. 세습 귀족과 후계자는 미스릴패에 루비가, 황족들에게는 미스릴패에 다이아몬드가 가인된 신분패를 지급한다.

아카드의 신분패를 보자마자 난동을 피우던 기사가 손에서 힘이 풀렸는지 바스타드 소드를 떨어뜨렸다.

"나는 제국은행 소속 기사다. 아무리 귀족이라도 제국은행의 일을 방해하면 가만히 있지 않을 것이다!"

기사는 발악을 하듯이 제국은행을 들먹이며 아카드를 협박했다.

"그걸 협박이라고 하는 건가?"

"그……게 아니라……."

"그러니까 신경 쓰지 말고 네놈들 각자 할 일 하라고 했잖아. 그런데 하라는 일은 안 하고 물건을 파손하며 귀족을 협박했으니 이 상황을 어떻게 책임질 생각이지?"

돈 받으러 왔다가 순식간에 귀족 협박죄로 몰리게 된 기사와 부하들의 얼굴이 창백해졌다.

"언제 저희가 공자님을 협박했다고……."

"억울합니다!"

"저희는 단지 돈을 받으러 왔을 뿐입니다."

욕을 할 때는 언제고, 제국은행 소속 기사와 부하들은 신분패 하나에 비굴한 눈빛을 보인다.

아카드는 그들을 싸늘하게 바라보았다.

"오호라. 그럼 제국은행에서 기물 파손을 지시했단 말이지?"

"아……니. 절대 제국은행에서는 그런 지시를 한 적이 없습니다."

"그럼 나와 내 일행을 아무런 이유도 없이 저 거대한 칼을 휘두르며 죽이려 했단 말이지?"

볼킨뿐만 아니라 뒤에 서있던 부하들의 얼굴이 땀으로 범벅이다. 이러지도 못하고 저러지도 못하는 상황에서 그들의 대장인 기사의 눈치만 살필 수밖에 없었다.

'젠장. 그냥 확 불어 버려?'

기사는 부하들의 눈총을 받으며 고민에 휩싸였다. 사실 제국은행에서 은밀한 지시가 있었던 것은 사실이다.

반드시 맥주 제조법을 뺏고 노예로 만들 것!

자신에게 이것은 일거리도 아니었다. 이미 수차례 대출 서류 조작으로 어수룩한 이민족 수십 명을 노예로 팔아 본 경험이 있기 때문이다.

걱정거리는 단 하나.

오늘 밤 12시까지 드워프 부부가 야반도주하는 것만 막으면 아무 문제가 없었다.

12시가 되자마자 압류를 핑계로 맥주 제조법도 빼앗고 노예로 만들 생각이었다. 그런데 이상한 놈 하나가 끼어드는 바람에 감옥에 끌려갈 처지로 바뀌었다.

"이름이?"

"제국은행 구시가지 채권 회수 담당인 볼킨이라고 합니다."

귀족이 묻는 말에 숨길 수도 없는 일. 이제 소속과 이름까지 밝힌 이상 빠져나갈 구멍은 없다.

"볼킨."

아카드는 손가락을 까딱거렸다. 그러자 볼킨이 아카드 곁으로 다가갔다. 왼팔로 테디를 안고 있던 아카드는 오른손으로 선술집 바닥을 가리키며 말했다.

"일단 여기 정리 좀 해 주면 좋겠는데?"

아카드의 말 한마디면 곧바로 감옥으로 끌려갈 상황. 그의 말이 떨어지기가 무섭게 볼킨의 입에서 불호령이 떨어진다.

"뭐해! 새끼들아! 공자님 말씀 못 들었어? 빨리 정리하라고!"

"예……옛!"

볼킨의 고함소리에 부하들은 하나둘씩 일어나 바닥에 뒹굴고 있는 부서진 가구들을 줍기 시작했다.

아카드는 청소하는 그들의 모습에 흡족한지 미소를 지었다. 그리고 옆에서 청소를 지시하는 볼킨의 어깨를 오른팔로 감싸며 물었다.

"볼킨. 여기 주인장이 돈을 갚아야 할 날짜가 언제지?"

"내……일입니다만."

볼킨은 금방이라도 자신을 감옥에 처넣을 것처럼 굴던 아카드가 어깨를 감싸자 말을 더듬거렸다.

"곤란한데. 곤란해."

"무슨 일이라도 있으십니까?"

"볼킨이 내 체면 좀 세워 줬으면 하는데."

아카드가 뭔가 고민하는 표정으로 중얼거렸다. 그러자 볼킨이 '무슨 소리냐' 라는 표정으로 아카드를 바라보았다.

"이틀 뒤, 가문에서 기사들의 검술 대회가 있는데 내가 상품으로 드워프제 맥주를 상품으로 걸었거든."

"……."

"그런데 이곳이 내일 없어져 버리면 기사들에게 약속했던 내 체면이 우습게 되지 않겠나."

"그러십니까? 그럼 여기 있는 맥주를 금방 가져가실 수 있도록……."

"지금 나랑 장난하나?"

아카드의 싸늘한 눈빛에 볼킨은 부르르 떨었다.

"네?! 제가 또 무슨 실수를?"

"나보고 김빠진 맥주를 우리 가문의 기사들에게 먹이란 말인가?"

"죄송합니다. 제가 말실수를 한 것 같군요."

"이틀만 미뤄."

"네? 그게 무슨 말씀이신지?"

"못 알아들어? 이 가게 압류 이틀만 미루자고."

"공자님, 그게 좀 불가피한 상황이 있어서……."

"끝내 내 호의를 무시하겠다? 자네 상관이 누구지?"

"그게 아니라……."

똥 밟았네.

볼킨은 난감한 표정으로 말끝을 흐렸다.

'당장 내일 해 뜨자마자 제국은행 본점에서 맥주 제조법과 가게 주인장을 데려가기 위해 사람이 오기로 했는데.'

갈등하는 볼킨을 바라보던 아카드가 어깨에 올려놓은 손을 치우며 결정타를 날렸다.

"힘들어? 그럼 간만에 치안대장 얼굴이나 보러 가 볼까?"

아카드가 치안대로 곧바로 달려갈 듯이 일어나자 볼킨은 다급히 그의 옷자락을 잡으며 사정했다.

"아이고! 공자님, 왜 이러십니까?"

"그럼 내 체면 좀 세워 줄 수 있겠나?"

"알겠습니다. 공자님 체면 세워 드리겠습니다."

"고맙네. 역시 자네 같은 화끈한 사나이라면 말이 통할 것 같았어."

아카드는 기사의 어깨를 두들기며 기분을 맞췄다.

더럽지만 지금은 이들을 달래서 보내야 한다. 괜히 트러블을 일으켜 봤자 얻을 수 있는 것은 아무것도 없다.

'제국은행에서 엄청난 페널티가 주어지겠지만 감옥보다 더할까?'

볼킨은 아카드를 향해 억지로 웃음을 쥐어짜보지만 마음은 무거웠다. 그러나 선택의 여지가 없었다.

"그럼 이틀 뒤에 오겠습니다."

볼킨은 일단 소나기는 피하자는 마음으로 대답했다. 그러고는 아카드가 내민 손을 잡고 위험한 외줄타기 협상을 마무리했다. 그때 청소를 하던 기사 중 하나가 정리를 마쳤다는 신호를 주었다.

"어느 정도 정리가 된 것 같은데 자네도 맥주 한 잔 할 텐가?"

"괜찮습니다. 저는 바쁜 일이 있어서 이만 가보겠습니다."

"내가 바쁜 사람을 붙잡고 있었군."

"다음에 뵙겠습니다. 그럼."

볼킨의 손짓에 부하들이 아카드에게 고개를 숙이며 불편한 표정을 지으며 황급히 빠져나갔다. 부하들을 따라 마지막으로 나가던 볼킨이 자존심만은 챙기려는지 드워프 부부를 쳐다보았다.

"땅딸보 새끼들! 명심해! 모레 은행 문 닫을 때까지야. 그때까지 맥주 제조법을 내놓지 않으면 다시는 햇빛 구경 못 할 줄 알아? 알았어?!"

볼킨은 핏발 선 눈으로 쓰러져 있는 드워프 부부를 노려본 후 사라졌다.

아카드는 선술집의 문이 닫히자마자 자신의 품에 안겨 눈을 감고 있는 테디를 내려다보며 한쪽 눈썹을 말아 올렸다.

"깨어 있는 거 다 알고 있어. 그만 좀 떨어지지?"

Chapter 8.
첫 열매

볼킨 일당이 사라진 것을 확인한 테디는 천천히 눈을 뜨며 주변을 살폈다. 그러더니 갑자기 깜짝 놀란 표정으로 아카드를 밀어냈다. 아카드에게 안겨 있었다는 사실을 이제야 알아챈 것이다.

그녀는 약간 상기된 표정으로 물었다.

"흠. 제가 정신을 차린 줄 어떻게 아셨어요?"

"네 숨소리보다 두근거리는 심장 소리가 더 큰데 모르는 놈이 등신이지."

"치잇."

아카드의 목소리가 끝나자마자 테디는 황급히 떨어섰다.

테디는 옷매무새를 가다듬으며 부끄러운 표정으로 말했다.

"그런데 마스터 완전 사기꾼이던데요? 어떻게 그렇게 말을 뻰지르르하게…… 꺅!"

말을 하던 테디가 갑자기 비명을 질렀다. 아카드가 예고도 없이 자신의 뒷머리를 잡고 그의 얼굴 앞으로 잡아당겼기 때문이다. 얼마나 가까이 잡아당겼는지 아카드의 숨소리가 테디의 피부를 간지럽힐 정도였다.

"마스터, 잠깐…… 좀 떨어져서……."

"진짜! 너 한 번만 더 일하는 시간에 술 먹으면 해고야. 알았어?"

"네…… 딸꾹!"

얼마나 놀랐는지 테디의 가슴에서 딸꾹질이 나기 시작했다. 테디는 심장 소리 때문인지 딸꾹질 때문인지 알 수 없지만 가슴을 꽉 부여잡았다.

그러고는 천천히 숨을 깊게 들이쉬며 방망이질 치는 가슴과 화끈거리는 얼굴을 진정시키기 위해 애를 썼다.

"마스터. 오늘은 분위기가 아닌 것 같은데 다음에 올까요? 딸꾹!"

"장난해? 이틀 후면 망한다는데 그럴 시간이 어디 있어? 빨리 시작해."

"하지만. 딸꾹!"

"자신 없어? 그럼 내가 직접 하지."

"잠깐만요! 제가 침 발랐다고 분명히 말씀드렸을 텐데요! 딸꾹!"

테디는 앞으로 나가려는 아카드의 허리를 두 손으로 꽉 쥐고는 고개를 흔들었다.

"그럼 본인이 직접 하시든가."

자신의 앞을 가로막는 테디를 향해 아카드는 한쪽 방향으로 고개를 까딱거렸다. 그곳에는 다친 남편의 이마에서 흐르는 피를 하얀 천으로 막으며 드워프 부인이 서럽게 울고 있었다.

'그래도 이건 경우가 아닌데.'

테디의 한숨 소리가 선술집 가득히 울려 퍼졌다.

테디는 한숨을 푹 내쉬며 남편의 이마에 천을 대고 있는 부인 곁으로 다가갔다. 그러고는 진심이 담긴 목소리로 말했다.

"라거 부인. 얼마나 상심이 크시겠어요. 딸꾹!"

드워프 부인은 그 말에 더더욱 서럽게 울어댔다. 테디는 부인 곁으로 다가가 그녀의 어깨를 다독였다. 그러고는 진심 어린 마음을 담아 드워프 주인장과 라거 부인에게 위로를 건넸다.

"하지만 걱정하지 마세요. 저희가 도와드릴게요. 저희가

이 가게를 지켜 드릴게요."

"꼴도 보기 싫다. 인간들 나가라."

드워프 주인장이 천으로 이마를 막고 있는 부인의 손을 걷어 내며 고함을 질렀다.

"인간들은 나쁘다. 약속도 지키지 않고, 항상 우리를 속이려 든다."

"아니에요. 모든 인간이 그렇게 나쁜 것은……."

"돈을 빌릴 때는 천천히 갚으라고 해 놓고, 이제는 맥주 제조법을 알려주지 않으면 노예로 만들어 버리겠다고 협박한다. 인간은 전부 거짓말쟁이다."

"그래서 저희가 도와드린다고 하잖아요!"

드워프 주인은 오른손 검지로 입구 쪽을 가리켰다.

"듣기 싫다! 이제 인간들의 말은 믿지 않는다. 당장 내 가게에서 나가라!"

드워프 주인은 씩씩거리며 주방을 향해 걸어갔다. 테디는 주인장을 설득하기 위해 따라가려고 했지만 부인의 원망스러운 눈빛에 발걸음을 멈출 수밖에 없었다.

"흐흐흑. 거짓말만 늘어놓는 인간은 정말 나쁘다. 우리 남편 많이 아프다. 오늘은 나가 줬으면 좋겠다."

부인은 테디를 원망스러운 눈길로 바라보며 남편의 뒤를 따라 주방으로 들어갔다.

"마스터, 오늘은 안 되겠어요. 내일 다시 와야 할 것 같아요."

"인턴 직원이라 그런가? 포기가 빠른데?"

아카드는 얄미운 말투로 히쭉 웃었다.

그러고는 천천히 주방을 향해 걸어갔다.

테디는 아카드의 등 뒤에서 잠깐 동안 입술을 삐쭉 내밀더니 재빨리 그의 뒤에 찰싹 붙었다.

* * *

"마누라, 짐 싸라. 당장 다른 곳으로 도망가자. 제국이고 나발이고 북쪽에서 살 때가 훨씬 좋았다."

"알겠다. 나는 부인으로서 당신의 말을 따르겠다."

황동으로 만든 거대한 맥주 저장 탱크와 발효통 사이에 드워프 부부가 어두운 낯빛으로 고개를 숙이고 있었다. 그동안 제국에서 자리 잡기까지의 고생이 한순간에 물거품이 되는 순간이었다.

드워프 주인장 라거는 슬픈 눈으로 저장 탱크를 향해 걸어갔다. 얼마나 애지중지하며 깨끗하게 관리했는지, 저장 탱크와 그 사이를 연결하는 파이프 관들은 새것처럼 반짝거렸다.

드워프 주인장 라거가 손을 뻗어 저장 탱크를 쓰다듬으며 몇 년간의 추억을 되새기고 있는데, 그의 눈에 불청객의 모습이 비춰졌다.

"저 망할 인간 놈이!"

주인장의 마음을 아는지 모르는지, 불청객은 주인의 허락도 없이 맥주 저장고 주변을 돌아다녔다.

단순히 돌아다니기만 하는 것이 아니라 주인장 라거가 보물처럼 아끼는 기기들을 헤집고 다니며 손가락 끝으로 뭔가를 확인하고 있었다.

"위생 상태도 양호하고……. 이 정도면 손해 보진 않겠어."

"저 망할 인간이 여기가 어디라고 들어오는 것이냐. 인간들은 꼴도 보기 싫다. 당장 나가라!"

건들건들 걸어오는 아카드를 보며 드워프 주인장은 화가 단단히 났다. 가뜩이나 붉은 피부가 지옥 불처럼 활활 붉게 변하고 있었다.

드워프 라거는 불청객을 내쫓기 위해 주변을 두리번거렸다. 그때 그의 눈에 들어온 것은 기다란 주걱. 발효 통을 휘저을 때 사용하는 긴 막대기를 움켜쥔 주인장은 높게 치켜들고 아카드를 향해 달려갔다.

그러고는 힘껏 아카드의 몸을 내리치려는 순간, 드워프

라거의 귀에 악마의 속삭임이 들려왔다.

"억울하지? 복수하고 싶지?"

"이 망할 놈의 인간이 뭐라고 하는 것이냐."

드워프 주인장은 기가 막히는지 온몸을 부르르 떨었다. 시뻘겋게 달아오른 드워프의 얼굴이 붉은 수염과 합쳐지자 활활 타오르는 장작불을 보는 듯하다.

"억울하잖아. 몇 년 동안 죽도록 고생해서 간신히 자리를 잡았잖아. 그런데 홀라당 제국은행 놈들에게 뺏길 상황이 벌어졌는데 억울하지 않나?"

아카드는 드워프 주인장을 바라보며 히죽 웃었다. 마치 '약 오르지?' 라는 듯한 표정으로 드워프 주인장의 약을 살살 올렸다.

"이 인……간 놈이 나를 놀리는 것인가!"

"비웃는 거지. 원래 인간들이 불구경이랑 싸움 구경을 제일 좋아하거든. 그런데 이건 뭐 싸움 한 번 못 해 보고 등신같이 고스란히 뺏기는 걸 보니 재미도 없고 비웃음밖에 안 나오네."

"그래. 나 등신이다. 오늘 드워프 등신한테 한번 죽어 봐라, 인간!"

"그 주걱으로 맞아도 죽지는 않겠지만, 그러지 마."

"인간! 후회해도 늦었다! 드워프가 화나면 얼마나 무서운지 보여 주겠다."

아카드는 드워프 주인장의 행동에 고개를 돌려 피식 웃었다. 나무 작대기 하나 들고 죽이겠다고 설치는 모습이 여간 웃긴 것이 아니다.

'인성도 괜찮군.'

장인들은 세상 물정 모른다는 말이 사실인가 보다.

아카드는 드워프 주인장의 행동이 밉지 않고 귀엽다는 생각이 들었다.

이제 눈앞의 드워프를 내 것으로 만들 시간이다.

"드워프 부인도 참 안됐군. 한창 나이에 과부가 되겠어."

드워프 주인장의 발걸음이 미세하게 멈칫했다.

"그뿐만 아니라 제국에 존재하는 모든 드워프들이 동료 하나 잘못 둔 죄로 난리가 나겠지. 앞으로 제국에서 땅딸보 구경하기는 힘들겠군."

드워프 주인장 라거는 주방 바닥에 비와 같은 땀을 흘리며 아카드를 쳐다보았다.

"무슨 소린가. 왜 내 부인이 과부가 되는가? 왜 내 동료들을 구경하기 힘든가?"

"인간들에게는 '사채업자랑 해적과는 절대 악연을 맺지 마라' 라는 속담이 있지. 돌대가리가 뭘 알겠어?"

"드…… 들어 본 것 같다. 아니! 들어 봤다!"

더 이상 '돌대가리' 라는 말을 듣기 싫은지, 드워프 주인장은 있지도 않은 속담을 들어봤다고 우겼다.

"아니 마스터, 그런 속담이 어디…… 읍!"

테디는 사기를 치는 마스터를 막기 위해 정의롭게 앞으로 나섰다. 그러나 아카드의 큰 손바닥에 의해 테디의 정의는 힘없이 무너져야 했다.

아카드는 피식 웃으며 드워프 주인장의 기분을 살짝 띄워 주었다.

"그래? 보기와 달리 의외로 아는 것도 있네."

"우리 드워프 절대 돌대가리 아니다! 아는 것도 많다! 특히 금속이랑 맥주에 대해서는 최고다!"

"그럼 결론만 말하지. 억울하겠지만 맥주 제조법은 제국은행 놈들한테 넘겨. 그렇지 않으면 주인장 부인은 물론이고 대륙에서 맥주 제조법을 아는 다른 드워프들까지 제국은행 놈들에게 당할 거야."

"안 된다! 고대로부터 내려오는 드워프만의 제조법, 절대 나쁜 제국은행 놈들에게 알려 줄 수 없다! 우리 동료들도 절대 인간에게 기술 전수를 하지 않도록 다짐했다!"

드워프 주인장은 절대 비법을 뺏길 수 없다는 각오를 아카드에게 고함치는 것으로 표현했다.

"너 제국은행 놈들이 어떤 놈인지 몰라? 그놈들은 원하는 것을 얻기 위해서라면 네놈은 물론이고 네놈 부인까지 고문해서라도 알아낼 놈들이야."

"아무리 고문해도 드워프들은 절대 비법을 인간에게 전해 주지 않는다."

"그럼 답은 하나네? 드워프의 종족의 전멸!"

"인간! 무슨 소린가! 절대 우리 드워프는 전멸하지 않는다!"

생각하기도 싫은 끔찍한 발언에 드워프 주인장이 달려와 아카드의 멱살을 쥐었다.

"아저씨, 이 사람말 순 거짓말쟁이예요. 믿지 마세요."

"남편, 믿지 마라! 아무리 인간이 나쁜 놈들이라도 절대 그런 끔찍한 일은 하지 않는다."

아카드가 내뱉은 극단적인 표현에 뒤에서 지켜보던 테디와 주인장 부인도 화난 표정으로 다가온다. 드워프 주인과 부인, 테디가 한꺼번에 합세하여 아카드를 거세게 몰아붙였다.

하지만 그들의 살벌한 연합작전에도 아카드의 표정은 전혀 변함이 없다. 도대체 무슨 생각을 하는지 알 수 없는 표정이다.

"돌대가리들, 잘 들어. 고대 시절에 인간보다 강한 수많은 종족들이 어울려 살았지. 그 정도는 알고 있겠지?"

"그렇다. 드래곤도 있었고, 오크도 있었고, 오우거도 있었다."

"지금 대륙에서 가장 번성한 종족이 누구지?"

"인……간."

드워프 주인장은 떨떠름한 표정으로 대답했다.

"드워프 주인장도 알다시피 인간이 발전할 수 있는 가장 큰 원동력은 욕심이지."

"인간들 욕심 많다. 남의 것도 막 다 뺏어 가려 한다."

"그렇지. 가진 것이 많은 사람일수록 욕심은 끝이 없지. 그런데 말이야, 그들이 절대 가질 수 없는 것이 있다면 어떤 행동을 취할까?"

"……."

드워프 주인장의 얼굴이 급격하게 어두워졌다. 그들의 할아버지와 조상들을 통해 인간들의 욕심이 낳은 결과를 귀가 따갑도록 들어왔기 때문이다.

"맥주 제조법을 알려 주지 않으면 어떻게 되는지 말해 주지. 그들은 자신들을 제외한 그 누구도 맥주를 만들 수 없도록 제조법을 알고 있는 드워프들을 하나씩 잡아 죽일 거야."

"우리가 그 꼴을 볼 것 같은가! 당장이라도 우리 드워프들은 제국을 떠날 것이다."

"제국은행 놈들에게서 도망치겠다고? 차라리 황제를 죽이고 도망치는 것이 훨씬 쉬울걸. 절대 제국은행 놈들의 눈을 피해 도망칠 수는 없어."

"어째서 그런가? 우리는 땅굴을 파서라도 도망칠 수 있다!"

모든 장인들의 조상이라 불리는 드워프라면 충분히 가능한 일이다. 그러나 아카드는 고개를 흔들며 부정적인 의견을 피력했다.

"제국은행을 쥐고 흔드는 놈들이 누군지 몰라? 모든 대륙에 퍼져 있는 상단들이야. 돌대가리들이 상인들의 눈을 피해 숨을 수 있을 것 같나? 콩 하나만 구입해도 금방 소문이 퍼져 나갈걸?"

털썩.

드워프는 주방 바닥에 힘없이 주저앉았다. 주인장의 부인이 황급히 다가와 주저앉은 그를 위로했다.

테디의 부드러운 손길도, 가장 사랑하는 부인의 위로도 절망의 늪에 빠진 주인장을 구해 주지는 못했다. 드워프 전체가 전멸할 수도 있는 상황에서 순진한 드워프 주인장이 할 수 있는 일은 아무것도 없었다.

"이 위기를 벗어날 수 있는 방법이 하나 있기는 한

데……."

주저앉은 드워프의 몸이 용수철 튀어 오르듯 일어섰다. 그러고는 쪼르르 달려가 아카드의 오른팔에 매달렸다.

"인간! 방법이 있으면 알려 달라!"

"맨입으로?"

아카드는 드디어 걸렸다는 미소를 지으며 드워프를 내려다보았다.

"드워프는 절대 은혜를 잊지 않는다. 필요한 것이 있으면 말해 달라! 무기를 원하나? 아니면 술을 원하나? 우리가 만들 수 있는 것이라면 무엇이라도 만들어 주겠다."

"귀족 인간은 높은 사람이니 우리 남편 도와줄 수 있다. 우리 남편 절대 거짓말하지 않는다. 제발. 꼭 도와줬으면 좋겠다."

드디어 걸렸다. 그것도 쌍으로 걸렸으니 앞으로 드워프 주인장은 절대 자신을 배신할 수 없다.

아카드는 회심의 미소를 지었다.

드워프 주인장뿐만 아니라 부인까지 다가와 아카드의 바지 자락을 붙잡았다. 그들 부부는 드워프가 할 수 있는 가장 애절한 표정으로 아카드에게 도움을 부탁했다.

"이렇게 만난 것도 인연이라면 인연인데 외면할 수도 없고, 참."

아카드는 잠깐 시간을 끌었다. 최대한 애를 태우려는 작전이다.

"아무리 인간과 드워프가 다르다고 해도 한 분야의 장인이신데 이 추운 날씨에 쫓겨나게 할 수는 없지."

아카드는 그들 부부를 일으켜 세우며 등을 두들겼다. 그러고는 고개를 돌려 테디 쪽으로 향했다.

"인턴, 뭐 해? 얼른 이분을 도와드리지 않고."

'사기꾼!' 이라는 말을 억지로 삼킨 테디가 주먹을 불끈 쥐고 부들부들 떨며 앞으로 다가갔다.

"정말인가? 귀족 인간. 우리 부부 도와주는 건가?"

"왜? 내가 도와주겠다고 했는데 못 믿겠나?"

"믿는다. 정말 믿는다. 귀족 인간 기분 나빠하지 마라!"

아카드는 살짝 섭섭한 기색을 비췄다.

"어이! 애송이! 계약서 가져와."

테디는 품 안에 있던 준비된 계약서를 꺼내어 아카드에게 다가갔다. 부들부들 떨며 계약서를 건네는 테디의 손에 힘이 잔뜩 들어가 있다.

"여기요."

"야! 힘 빼. 계약서 다 구겨진다."

"앗! 미안해요."

화들짝 놀라며 손에 힘을 빼는 테디의 귓가로 아카드의

숨소리가 들려왔다. 테디가 아카드의 가슴팍을 밀쳐내려고 할 때 행동을 굳어 버리게 만드는 한마디.

"여긴 아카데미가 아닌 현실이야. 여기는 애송이들 놀이터가 아니야. 한 번의 실패로 모든 것을 잃는 전쟁터야."

"오늘은 상황이 안 좋았어요."

"어리광은 부모님 앞에서나 하지 그래. 여기는 실수도 격려받고 좋은 시도였다고 칭찬도 받는 아카데미가 아니야. 성공 아니면 실패. 사느냐 죽느냐밖에 존재하지 않는 현실이야."

"……."

"그리고 넌 오늘 실패했어. 이만 가 봐. 차비 정도는 챙겨 주지."

아카드는 계약서를 쥐고 있던 테디의 오른손에 10이라고 양각된 골드 하나를 올려놓았다.

"저 거지 아니거든요!"

"오늘 추가 근무한 수당이야. 뭐 근무라고 부르기에도 민망하겠지만."

테디는 얼굴이 달아올랐다. 부끄럽고 자존심이 상한다. 뭔가 하고 싶은 말이 많았지만 꺼내지 못했다.

'지금 당장 무슨 말을 하더라도 저 재수탱이에게는 핑계로밖에 들리지 않겠지.'

그러나 이대로 얌전히 물러날 수는 없었다. 그러기에는 며칠간 밤새며 고생한 노력과 수고가 아까웠다.

'자, 차분히 생각하자. 분명히 있어. 네가 할 일이 있을 거야. 생각해.'

테디는 차갑게 돌아서서 걸어가는 아카드의 등을 바라보며 손가락을 깨물었다. 어렸을 때 고쳤다고 생각했던 버릇이 저절로 나올 정도로 간절한 상태였다.

"마무리는 깔끔하게 끝내고 싶어요."

"여기서부터는 내 영역이야. 네가 할 수 있는 일은 아무것도 없어."

아카드는 등 뒤로 손을 흔들며 드워프 부부들에게 다가갔다. 그는 탁자 위에 봉투를 내려놓고 안에 들어있는 계약서를 꺼냈다. 일반적으로 상단이나 가게를 인수하거나 합병할 때 주로 사용되는 표준 계약서다.

'대륙의 맥주 시장을 잡아먹을 때까지 실컷 부려먹어 주지.'

아카드는 자신에게 돈을 벌어다 줄 주인 라거를 바라보며 흐뭇하게 웃었다. 그는 계약서를 잠시 살펴본 후, 슈트 상의 포켓에 꽂혀있는 펜을 꺼내 들었다. 펜을 쥐고 있는 하얀 손가락이 향한 곳은 계약서 제일 마지막 페이지.

늘씬하게 빠진 아카드의 하얀 손가락이 계약서라는 무대

위에서 춤을 추기 시작했다. 하얀 손가락이 움직이고 지나간 자리에 선술집 주인을 실컷 부려먹을 조항들이 멋들어진 필기체로 작성되기 시작했다.

1조. A&M 투자상단(이하 "갑"이라 한다.)은 노틸러스 제국의 수도 그라프 구시가지에 위치한 '용사의 망치' 소유주인 라거(이하 "을"이라 한다)의 모든 재산과 기술에 대한 저작권을 인수한다.

2조. "갑"은 "을"이 제국은행에서 대출한 원금 및 이자를 전액 변제한다.

.

.

.

9조. "갑"은 "을"이 가지고 있는 기술을 소유하는 대신 "을"의 기술로 창출된 수익의 10%를 지급한다.

이를 증명하기 위해 계약서 2부를 작성하여 기명 날인한 후 각각 1부씩 보관하며 성실과 신의로써 이를 준수한다.

마지막 문장에 마침표를 찍은 아카드는 계약서 한 부를 선술집 주인 라거에게 던졌다.

"읽어 봐. 당신 생명줄이야."

"그런가?"

선술집 주인 라거는 아카드가 던진 계약서를 보다가 금방 내려놨다. 전쟁 때문에 피난 온 이주민인지라 제국 문자가 서툰 탓이다.

라거는 고개를 양쪽으로 흔들며 아카드 앞으로 슬그머니 내밀었다.

"인간 귀족, 무슨 말인지 하나도 모르겠다. 그러나 믿겠다."

"우리 남편 제국 글자 잘 모른다."

드워프 라거가 슬그머니 계약서를 아카드 앞으로 밀었다. 계약서를 내미는 라거와 라거 부인의 표정이 어둡다. 아카드를 믿겠다고 했지만 혹시나 또 자신들을 속이는 것이 아닌가 하는 원초적인 인간에 대한 불신 때문이다.

"믿어. 지금 나 믿는 것 말고는 딱히 방법도 없잖아."

"귀족 인간 믿겠다. 어디에 사인하면 되겠나?"

아카드는 떨떠름한 표정을 지으며 자신을 바라보는 라거를 바라보며 웃음을 지었다. 아카드의 손가락이 계약서 마지막 페이지 맨 밑을 가리켰다.

선술집 주인 라거는 인주에 엄지손가락을 지그시 눌렀다. 틈날 때마다 아카드의 눈치를 살피던 라거는 마침내 긴 숨을 들이켜며 결심했다. 라거의 두꺼운 엄지손가락이 계약서를 향해 내려오고 있었다.

"잠시만요! 라거 아저씨, 기다려요!"

뒤에서 다급히 들리는 불청객의 목소리.

"제가 마무리까지 하고 싶어요."

"분명히 말했을 텐데. 네가 할 일은 없을 거라고."

테디는 천천히 다가와 아카드 앞에 당당히 섰다. 테디는 딱 보기에도 화가 난 아카드의 귓가에 조용히 속삭였다. 방금 전 아카드가 했던 것처럼.

"드워프 문자 아세요?"

"뭐!?"

"외국인이나 이민족과 계약할 때는 그들의 언어로 이해시키고 내용을 기재해야 한다는 것 정도는 아시겠죠?"

"내가 알아서 하지. 이만 가시지?"

테디는 화가 잔뜩 난 아카드의 말을 무시하고 선술집 주인 라거 옆으로 다가갔다. 계약 문제로 내심 불안한 표정으로 계약서에 지장 찍으려는 라거의 오른팔을 들어 올렸다.

"라거 아저씨, 제가 계약 대리인을 해도 될까요? 제가 드워프 문자를 잘 아는데."

"그런가? 인간 문자 너무 어렵다. 예쁜 인간이 그렇게 해 주면 드워프 라거 도움 잊지 않는다."

"그럼 제가 얼른 드워프 문자로 계약서를 번역해 드릴게요. 어디 보자. 우리 똑똑한 마스터께서는 계약 조건을 어떻게 만드셨을까?"

테디의 시선이 라거 앞에 있는 계약서를 향했다. 계약서를 든 테디의 손이 제일 마지막 장을 넘기려고 할 때 어떤 손이 그 행동을 막았다.

테디의 손을 막은 사람은 아카드.

아카드는 날카로운 표정으로 고개를 흔들었다.

"이건 내 영역이라고 했는데."

"이거 놔요."

테디는 저음으로 은밀하게 윽박지르는 아카드의 손을 침착하게 치웠다. 곧이어 날카로운 눈빛으로 주시하는 아카드의 시선을 똑바로 바라보며 입을 열었다.

"전 마스터의 방식도 존중해요. 그러나 저는 마스터의 방식과는 다르게 성공할래요."

"무슨 소리야?"

"저는 아직 다 배우지 못한 부족한 학생이에요. 그리고 아직 미숙한 A&M 투자상단의 인턴 직원이기도 하죠."

"그런 신세 한탄은 다른 곳에서 하고 당장 계약서에서 손 떼."

아카드의 비아냥거림에도 테디의 표정은 변하지 않았다. 오히려 떨리는 손을 부여잡고 더 또렷한 목소리로 말을 이어나갔다.

“그래서 이 계약 포기 못 하겠어요. 여기서부터 시작할래요. 그래서 사람들에게 보여 줄래요. 마스터의 말씀대로 목숨이 오가는 험한 세상에 아카데미에서 배운 대로 해도 성공한다는 것을.”

“누구 마음대로?”

“여기 적혀 있네요.”

“뭐야?”

테디는 손에 쥐고 있는 계약서를 아카드를 향해 내 밀었다.

계약 담당자 : 인턴 직원 테디.

계약서 첫 장에 테디의 이름이 당당하게 찍혀 있었다.

아무리 검은 상인으로 이름을 날렸던 아카드라도 물러날 수밖에 없었다.

강압적으로 테디를 힘으로 찍어 누를 수도 있지만 아카드는 사장, 테디는 임시 직원이다. 테디의 불만이 직원들에게 알려진다면 모양새가 이상해진다.

최악의 경우 테디의 불만이 사람들의 입소문이라도 탄다면, 이제 막 시작하는 상단 이미지에 큰 타격을 입는다.

'드워프 등쳐 먹는 상단'이라는 소문이 난다면 어느 누구도 A&M 투자상단과 함께하려 하지 않을 것이다.

그것까지 계산하고 있는 것일까?

테디는 힘차게 손을 놀리며 계약서를 읽어 내려가고 있었다.

*　　*　　*

야심한 밤.

노틸러스 제국의 수도 그라프의 신시가지 상업 지구.

상업 지구를 상징하는 제국은행의 꼭대기 층에 있는 은행장 회의실에 대륙의 황금을 지배하는 거물들이 모여 심각하게 회의를 열고 있었다.

"은행장님 납시옵니다."

부은행장의 커다란 외침이 회의실에 울려 퍼지고, 현 제국은행장 소로스가 한 청년을 데리고 회의실로 들어왔다.

호리호리한 몸매에 회색 수염이 근사하게 나 있는 50대 중반의 남자는 굳은 표정으로 주변 사람들을 둘러보았다.

은행장의 시선에 제국은행에 줄을 댄 귀족들은 물론이고 대륙에서 말 한마디면 왕국을 들었다 놨다 하는 4대 상단주들도 시선을 피하며 고개를 숙인다. 은행장 옆에 서 있던 갈색 긴 머리카락을 뒤로 묶은 서글서글한 인상의 청년이 그 상황을 범상치 않은 눈빛으로 바라보았다.

회의실에 있던 사람들이 자리에서 일어나 허리를 숙여 두 사람에게 인사를 건네려고 할 때 은행장의 일침이 가해졌다.

“당신들이 도대체 하는 일이 뭐야?”

사람들의 안색이 모두 찌푸려졌다.

“끝나도 벌써 끝날 전쟁을 이만큼 지연시켰으면 대륙에 있는 중소 상단들 잡아먹기에 충분한 시간 아닌가?”

“그것이, 한 놈이 장난치는 바람에…….”

쾅!

소로스 은행장은 대륙을 지배한다는 4대 상단주들의 어설픈 변명에 탁자를 내리쳤다.

“지금 그걸 변명이라고 하는 건가?”

“죄송하게 됐습니다.”

“변명은 됐고, 그놈이 누구라고 했지?”

“워낙 은밀하게 움직이던 놈이라 이름은 파악하지 못했습니다. 단지 ‘검은 상인’ 이라는 별명만…….”

황금의 제국을 건설한 은행장 소로스는 지끈거리는 머리를 문지르며 이를 깨물었다.

Chapter 9.
총장과의 거래

“아직까지 검은 상인의 이름도 모른다? 기가 차네.”

“그……게 워낙 신출귀몰한 놈이라 얼굴 하나 아는 놈이 없습니다.”

소로스 은행장이 손을 부르르 떨며 안색을 굳혔다.

“중소 상단들을 털어 보면 나올 것이 아닌가!”

“그것이…… 만날 때마다 가면을 썼다고 합니다.”

“그럼 그놈이랑 함께 지냈던 부대 놈들이라도 쑤셔 봐야 할 것 아닌가!”

은행장의 호통에 4대 상단주들이 주눅 들어 있는 사이 맞은편에 앉아 있던 젊은 지방 귀족 히니기 대답했다.

"검은 상인이 있던 곳이 하필 특수부대원들이 있던 곳인데 지금 전부 사형을 선고받고 감옥에 갇혀 있습니다."

"사냥이 끝났으니 사냥개를 처리하려는 모양이군. 잡음이 좀 있을 것인데?"

"원래 중범죄자들로 구성된 부대라 큰 잡음은 없나 봅니다. 국경을 들어서자마자 곧바로 체포되었답니다. 그래서 평민들 중에 아는 사람도 거의 없습니다."

소로스 은행이 잠시 이채를 띠며 젊은 귀족을 바라보았다. 대륙을 쥐고 흔드는 4대 상단주들도 자신 앞에서 이야기할 때는 눈치를 보며 보고한다.

많이 봐줘야 20대 후반 정도 되어 보이는 젊은 청년이 자신의 눈을 피하지 않고 발표하는 모습은 소로스 은행장에게 신선한 충격이었다.

"이름이 뭐지? 처음 보는 얼굴인데?"

"밀 가문의 장남, 밀튼이라고 합니다. 이번에 아버지가 편찮으셔서 가주 대리 자격으로 대신 참석하였습니다."

"그렇군. 방금 한 이야기를 계속 해 보게. 그럼 어떻게 해야 할까?"

그러자 밀튼이라는 귀족은 한 치의 망설임도 없이 자신의 의견을 피력하기 시작했다.

"여기 계신 존경하는 상단주분들의 직인이 찍힌 편지 한 통만 주십시오. 빠른 시간 안에 은행장님의 책상 위에 검은 상인에 대한 보고서를 볼 수 있도록 해드리겠습니다."

"오호."

소로스 은행장은 밀튼이라는 귀족을 흐뭇하게 바라보다가 옆에 서 있는 자신의 아들을 쳐다보았다.

'꽤 쓸 만하군. 아들 놈 옆에 붙여 놔야겠어.'

그의 아들도 꽤 마음에 들었는지 자신을 바라보며 고개를 끄덕인다.

"검은 상인에 대해서는 밀튼 자네에게 맡기고 월 상단에서 추진하는 주류 프로젝트로 넘어가지."

소로스 은행장의 고개가 비대하게 살찐 대머리의 중년 남자에게 향한다.

월 상단의 주인 월 크로우.

대륙 4대 상단 중 하나를 이끌고 있는 거대 상인이다. 월 상단은 대륙에서 판매되는 식료품과 차, 주류의 반 이상을 생산, 유통하는 상단이다.

월 상단의 주인 월 크로우는 앉아 있는 것만으로도 힘이 드는지 손수건으로 이마에 흘러내리는 땀을 닦아 내고 있었다.

"월 상단주, 얼마 전 보고를 받아 보니 1년 전에 월 상단에서 야심차게 출시한 매주에 대해 시민들의 반응도 그렇고 판매량도 영 시원찮은 모양인데 어떻게 된 건가?"

"그게 조……금만 기다려 주십시오. 곧 좋은 소식이 있을 겁니다."

"기다린다고 해결될 문제가 아닌 것 같던데. 거리 사람들이 맥주를 보고 뭐라고 하는지 알고는 있나?"

"모……르겠습니다."

"오줌보다 조금 맛있는 술이라고 하더군."

큭. 큭. 콜록. 콜록.

소로스 은행장의 비아냥거림에 윌 상단주의 얼굴은 흙빛이 되었다. 주변에 앉아 있던 다른 상단주들과 지방 귀족들은 웃음을 참느라 헛기침을 한다.

"곧 사람들의 입맛을 사로잡는 신상품이 출시될 예정이니 조금만 기다려 주십시오."

"방법은 있나?"

"맥주 마스터로 불리는 드워프 하나가 있습니다. 곧 저희 상단 노예로 들어 올 예정이니 조금만 기다려 주십시오. 반드시 성공할 겁니다."

"확실한가?"

"네? ……네, 네!"

윌 상단주의 땀을 닦아내는 손길이 바빠진다. 은행장의 추궁에 뭔가 불안한 모양이다.

그때 옆에 있던 소로스 은행장의 아들이 보고서로 보이는 종이 하나를 전했다. 보고서를 살펴보는 은행장의 눈꼬리가 점점 올라간다.

"네놈 생명줄인 그 드워프가 있는 곳이 어딘가?"

"구시가지……."

"끌어내."

소로스 은행장이 끌어내라는 말과 함께 조용히 오른손을 올렸다.

그때 뒤에서 검은 그림자 두 개가 나타났다. 그들은 순식간에 4대 상단의 주인을 의자에서 끌어낸다.

"은행장님! 왜, 이게 무슨 짓입니까?"

"무능한 것은 용서해도 거짓말하는 것은 용서 못 해."

그러고는 끌려가는 월 상단주에게 자신이 가지고 있던 종이를 던졌다.

월 상단주는 끌려가는 와중에도 공중에서 떨어지는 종이를 움켜쥐었다. 그리고 점점 그의 낯빛이 창백하게 변했다.

대출 상환 증명서.

'용사의 망치' 선술집 주인 라거가 제국은행의 대출금을 완납했다는 증명서다.

"은행장님, 잠시만 제 이야기를……."

"부은행장, 월 상단이 제국은행으로부터 빌려간 돈이 얼마지?"

소로스 은행장이 회의실 입구에 서 있는 부은행장을 바라보며 물었다.

"밀려 있는 이자까지 합치면 1,235만 골드가 조금 넘습니다."

"저놈이 가지고 있는 상단 지분을 회수하면 상환이 가능할 것 같은가?"

"글쎄요. 담보로 맡긴 24퍼센트의 지분을 매각한다고 해도 약간 모자랄 것 같습니다."

"그래?"

"부은행장! 얼마 전까지 나의 지분은 2,000만 골드 이상의 가치가 있다고 하지 않았나."

"그것은 월 상단주님의 주류 프로젝트가 성공했을 때 이야기지요. 은행은 장부에 적혀 있는 금액밖에 믿지 않습니다."

부은행장은 표정 하나 변하지 않고 대답하였다.

소로스 은행장은 검은 그림자들에 의해 끌려가는 월 상단주를 바라보며 비릿한 웃음을 지었다.

"이런, 이런. 은행이 손해 보면 우리를 믿고 돈을 맡긴 예금주들에게 큰 피해가 갈 것인데, 그러면 큰일이지 않는가? 부은행장은 손해를 어떻게 메꿀 생각인가?"

"월 상단주 소유의 모든 재산을 압류할 예정입니다. 그것으로도 모자라다면 부인과 자식, 왕국마다 하나씩 심어 놓은 첩까지 모두 노예로 팔아 버릴 계획입니다."

"안 된다, 이놈들아. 내 부인과 자식은 절대 안 된다. 은행장님, 한 번만 살려 주십시오."

"끌고 가!"

"은행장님! 제발 살려 주십시오! 이보게들, 자네들도 제발 뭐라고 말 좀 해 주시게."

월 상단주는 끌려가는 와중에도 다른 상단주에게 애원했다. 그러나 다른 상단주들은 그를 외면하며 다른 곳을 바라보고 있을 뿐이다.

검은 그림자들은 구석으로 월 상단주를 끌고 가더니 벽을 향해 손을 뻗었다.

우우웅.

검은 그림자들 손에서 나온 시커먼 빛이 하얀 벽에 닿자마자 커다란 공간의 문이 나타났다. 검은 그림자들이 손잡이를 잡아당겼다.

문 안에는 아무것도 없었다. 새까만 검은 암흑만이 천천히 회전하며 먹잇감을 향해 손짓하고 있었다.

"안 돼! 제발! 아아악!"

검은 그림자들은 발버둥치는 비대한 월 상단주의 몸을

들어 올렸다. 그리고 비대한 육체와 함께 검은 암흑으로 사라졌다.

"이 악마 같은 새끼들, 네놈들도 곧 만나게 될 것이……."

쓰으윽.

월 상단주의 발악이 끝나기도 전에 검은 공간의 문은 거짓말처럼 사라졌다.

"부은행장, 내일 월 상단에 주주총회를 열어 새 상단주를 선임하게. 똑똑한 놈으로."

"네. 알겠습니다."

소로스 은행장이 회의실에 앉아 있는 사람들을 쓰윽 한 번 둘러보았다.

물을 계속 들이켜는 사람, 땀을 닦아 내는 사람, 고개를 숙이고 떨고 있는 사람. 하지만 그 어느 누구도 입을 여는 사람은 한 명도 없었다.

"자, 그럼 무거운 이야기는 여기까지 하고. 이제 '화폐 실명제'에 대한 안건으로 넘어가지. 루빈."

"네. 알겠습니다."

소로스 은행장의 부름에 옆에 서 있던 곱슬머리의 청년이 한 발자국 앞으로 나섰다.

"부은행장님, 부탁드리겠습니다."

"네. 알겠습니다."

입구에 서 있던 부은행장이 미리 준비해 두었던 서류를 회의에 참석한 인물들에게 돌리기 시작했다.

그리고 들리는 은행장의 외아들 루빈의 차분한 목소리가 회의장 안에 울려 퍼졌다.

"이번 화폐 실명제는 그동안 남부 제국을 지배하던 중앙 귀족을 뿌리 뽑기 위한 1차 프로젝트로……."

회의실에는 청년의 말을 제대로 듣는 사람은 아무도 없었다. 아니, 아무 소리도 귀에 들어오지 않는다는 표현이 정확할 것이다.

방금 전 상황을 지켜본 회의실 안의 사람들 머릿속에는 단 한 가지만이 각인되고 있었다.

은행장의 말에 무조건 복종해야 한다는 것.

절대 실패해서는 안 된다는 공포의 기운이 회의실 의자에 앉아 있는 사람들에게 전염되고 있었다. 회의실 안 사람들은 차기 은행장이 될 루빈의 목소리를 들으며 넋 빠진 표정으로 고개만 끄덕이고 있을 뿐이다.

자신의 아들을 흐뭇하게 바라보던 소로스 은행장이 관자놀이를 문지르며 사냥감을 노리는 눈빛으로 바뀌었다.

'A&M 투자상단이라고 했던가?'

*　*　*

“이게 말이 돼! 아카데미 학생은 상단을 꾸릴 수 없다고!”

모든 사람들이 퇴근하고 불이 꺼진 신시가지 상업 지구의 거리.

유일하게 불이 켜져 있는 ‘A&M 투자상단’의 간판이 선선한 저녁 봄바람에 흔들리는 가운데 건물 안에서 고함소리가 들려왔다.

“이제 어떻게 할 거야. 계획이 완전 틀어져 버렸는데, 뭔가 대책은 세워놨겠지?”

“이……번 사건은 워낙 예상치 못한 돌발 변수라…….”

“미치겠네.”

A&M 투자상단의 첫 프로젝트가 맥주 사업으로 결정되고 보리, 홉과 같은 원료의 조달, 제조, 판매에 대해 회의를 하고 있을 때 도착한 편지 한 통.

그것은 바로 아카드의 아카데미 합격증이었다.

합격증을 바라보는 아카드의 표정이 살짝 찌푸려졌지만, 어디까지나 예상된 것이었다. 그런데 합격증과 함께 동봉된 학칙이 적혀있는 문서에서 심각한 조항이 발견되었다.

아카데미 학칙 2항 1조.

아카데미 학생은 사적인 이익 활동을 할 수 없다.

아카드는 물론이고 장난기 많은 토마스조차 갑작스러운 조항에 당황하는 기색이었다.

모두가 퇴근하고 아카드와 토마스는 사무실 2층에 마련된 상단주실에 모여 심각하게 고민하고 있었다.

"그런데 제 신분증 언제 만들어 주실 겁니까? 신분증이 없으니 월급을 받아도 은행에 갈 수가 있나, 검문 때문에 마음대로 돌아다닐 수가 있나, 영 불편하기……."

"지금 그게 문제야? 당장 사업 접게 생겼는데."

아카드의 고함소리에 토마스가 움찔거렸다.

"헛소리 하지 말고 내일 아침까지 해결책을 찾아내! 안 그러면 이번 달 월급 없어! 알겠어?"

"안 돼요! 제국은행에 맡긴 돈도 날려 버릴 판이라 미치겠는데."

"그러니까 해답을 찾아."

"무리예요. 시간이 너무 촉박해요."

"내일 입학식이야. 눈 떴을 때 내 눈앞에 보고서가 없다면 어떻게 되는지 알지? 무조건 해결책을 찾아내!"

쾅!

아카드는 엄지손가락으로 목을 쓱 그어 주고는 문 밖으로 걸어간다.

*　*　*

수많은 학생들이 한곳을 향해 올라간다. 몇몇의 얼굴은 방학을 끝마친 아쉬움으로, 다른 이들의 얼굴은 그리웠던 친구들을 만난다는 반가움으로 가득했다. 그중에 유난히 사람들을 낯설어하는 무리들이 보인다.

바로 신입생이다.

그들은 새로운 환경에 대한 낯섦과 두려움을 가득 안고 선배들과 함께 같은 곳을 향한다.

3월의 찬바람이 신입생에게는 서늘하게, 재학생들에게는 반갑게 느껴지는 아침. 제국 아카데미의 도로 양옆으로 봄날의 아름다움을 맞이하기 위해 예쁜 꽃눈이 맺혀 있었다.

"에레나."

모든 학생들의 시선을 받으며 걸어가던 여학생 하나가 발걸음을 멈추고 고개를 돌렸다.

"안나! 오랜만이야. 방학 동안 잘 지냈니?"

"어우, 기집애. 방학 동안 너희 가문에 연락을 넣어도 깜깜무소식이고, 그동안 뭘 했기에 얼굴 한 번 보기 힘드니?"

"뭐 숙제도 하고, 아르바이트도 하고……."

"뭐?! 아르바이트? 제국 최고 귀족 가문의 소공녀께서?"

안나라는 여학생이 친구를 바라보며 눈이 커졌다.

"그럴 일이 좀 있어서."

"뭔가 수상한데. 너 아르바이트하는 거 너희 오빠도 알아?"

"으……응."

에레나는 단짝 친구인 안나의 물음에 대충 얼버무린다. 안나는 친구의 표정에서 뭔가 수상함을 눈치 챘다.

"무슨 아르바이트를 했기에 네 오빠한테도 숨긴 거야?"

"숨긴 거 없어."

"없기는. 네 얼굴이 딱 몰래 한 표정인데, 뭐. 무슨 아르바이트 했는데?"

"별거 아니라니까? 오늘따라 왜 이러실까?"

"그러니까 별거 아닌 아르바이트가 뭐냐고."

안나는 에레나를 바라보며 까무잡잡한 얼굴에 험악한 기세를 담았다.

'누가 수도 치안대장 외동딸 아니랄까 봐.'

꼬치꼬치 캐묻는 안나의 질문에 에레나는 한숨을 쉬며

적당히 둘러댔다.

"그냥 평범한 상단에서 회계 업무. 됐지? 오늘따라 왜 이렇게 집요하실까?"

안나는 에레나의 오뚝한 코끝을 손가락으로 잡고 흔들었다.

"어림도 없지. 고통에서 벗어나고 싶으면 솔직하게 말하시게나. 어느 상단에서 겁도 없이 공작가의 소공녀에게 야근까지 시킨대?"

"넌 말해도 몰라. 아주 작은 상단."

"그러니까 작은 상단 어디?"

에레나는 난감한 표정으로 단짝 친구의 모습을 바라보았다.

'사실대로 이야기하면 얘 아버지를 통해서 조사해 볼 텐데.'

어떻게 해서든지 이 상황을 벗어나야 했다.

조사하다 보면 남장한 사실도 드러날 것이고, 잘못하면 그녀의 이복 오빠의 귀에도 이야기가 들어갈 것이 분명했다. 그럼 분명히 자신에게 유리하게 편집해서 아버지에게 일러바치겠지.

'생각하자. 어떻게 해야 안나의 손아귀에서 벗어날까? 아하!'

갑자기 에레나의 눈이 커졌다. 안나가 친구의 모습을 바라보며 고개를 갸우뚱한다.

"왜 그래? 무슨 일이야?"

"저……기, 신입생 중에 꽃미남이……."

"정말?! 어디? 어디?"

안나의 몸이 휙 돌아간다.

그 사이에 에레나는 뒤도 보지 않고 긴 다리로 도망쳤다.

얼마나 뛰어갔을까?

그런데 이상하다? 안나의 성격으로 볼 때 지금쯤 큰 소리를 치며 자신을 잡으러 와야 정상인데.

너무 조용하다.

에레나는 궁금증을 풀기 위해 걸음을 멈추고 뒤를 돌아보았다.

안나는 자신과 만난 그 자리에서 조금도 움직이지 않고 멍하게 서 있었다.

그리고 기적처럼 안나의 뒤에는 눈에 확 띄는 청년이 서 있었다.

"저 사람이 합……격했어?"

이번에는 에레나 역시 진심으로 놀라 눈이 커지며 중얼거렸다.

당연히 떨어졌을 것이라고 생각했다. 그런데 입학식 날

당당히 교문을 통과하는 것을 보니 심장이 두근거리기 시작했다.

"들키기 전에 도망쳐야 해."

에레나는 자신이 남장을 하지 않았음에도 손발이 떨리기 시작했다. 평소에도 새하얀 피부가 한층 창백해지고 있었다.

"그런데 무슨 이야기를 저렇게 오래 나누지? 저 인간 성격으로 이렇게 오래 이야기를 나눌 리가 없는데?"

아카드를 아카데미에서 대하는 것이 두려우면서도 특유의 호기심 때문일까? 에레나는 두 사람이 무슨 이야기를 하고 있는지 신경 쓰였다.

그녀는 두 사람의 눈에 띄지 않게 몸을 낮췄다. 그리고 천천히 강의실로 향하는 학생들 사이를 헤집으며 안나와 아카드 근처에 있는 벚꽃 나무 근처에 몸을 숨겼다.

'재, 지금 뭐하는 거야?'

평소와 완전히 다른, 가증스러운 친구의 모습을 본 에레나는 손에 땀이 날 정도로 꽉 주먹을 쥐었다.

안나는 평소에는 전혀 볼 수 없는 눈부신 미소를 아카드에게 보냈다. 왼손으로는 긴 머리카락을 쓸어내리며 오른손으로는 슬그머니 아카드의 상의를 손바닥으로 쓰다듬는다.

"무슨 짓이지?"

아카드가 안나의 오른손을 낚아채며 차갑게 말했다.

'난리 났네. 분명히 아카드의 손을 뒤집고 잡아 던지겠지?'

에레나는 다음 장면을 상상하며 눈을 질끈 감았다.

여학생 인기투표에서 남성들에게 압도적인 1위가 에레나라면, 여성들에게 압도적으로 인기가 높은 사람은 안나다.

'연하 킬러' 라고 불리는 안나의 건강하고 생기 넘치는 갈색 피부와 단단한 몸매도 매력적이지만, 여학생들이 안나를 동경하고 있는 이유는 외모보다도 그녀의 능력에 있었다.

여성의 몸으로 기사를 양성하는 군사학과에 지원하여 교내 랭킹 10위권 안에 드는 강함 때문이다. 안나의 육감적인 몸매와 외모 때문에 수작을 걸다가 병원에 입원한 남학생이 한두 명이 아니다.

'그런데 왜 이렇게 조용하지?'

벌써 사달이 났어도 이상하지 않은데. 특히 안나는 오른손을 보물처럼 아낀다. 검을 잡는 손이라 그녀는 겨울에는 항상 장갑까지 껴 가며 손을 아낀다. 에레나의 손을 잡고 찻집에 갈 때도 항상 왼손을 사용하는 안나의 오른손을 잡았다?

에레나는 최소 전치 3주, 최대 전치 7주를 예상했다.

그러나 에레나의 예상은 어김없이 깨졌다.

코맹맹이 소리와 함께 몸을 비꼬는 낯선 친구의 모습에 에레나는 어이가 없었다.

아카드는 안나의 손을 놓더니 교태 부리는 안나를 바라보며 특유의 차가운 저음으로 말한 뒤 앞으로 걸어갔다.

"총장실을 가르쳐 줄 마음이 없나 보군. 다른 사람에게 물어보도록 하지."

"아니야. 아니야. 내가 안내해 줄게."

안나는 앞서가는 아카드의 옆에 찰싹 붙었다. 아카드와 나란히 걸어가며 팔짱을 껴 보려고 시도했지만 번번이 실패한다.

'총장실? 거긴 왜 가려는 거지?'

에레나는 다른 학생들이 그녀를 바라본다는 사실도 모르고 그 둘의 뒤를 몰래 밟았다.

* * *

총장실.

아카드의 눈앞에 총장실의 팻말이 보인다.

"여기가 총장실."

옆에서 까무잡잡한 아가씨가 아카드의 어깨를 건드리며 말했다.

"신세를 졌군."

"그래. 나중에 봐."

아카드는 그녀가 내민 오른손을 잠시 잡더니 몸을 돌렸다. '총장실'이라는 팻말을 잠시 노려본 후에 문을 두들겼다.

똑똑똑.

"들어오시게."

총장의 목소리와 함께 안나의 시야에서 아카드의 모습이 완전히 사라졌다.

잠시 후.

눈부시게 아름다운 미녀가 계단 위에서 아래층을 향해 고개를 내밀었다.

그녀는 아카드와 안나를 뒤따라온 에레나였다.

에레나는 안나가 사라지자마자 총장실을 향해 뒤꿈치를 들고 살금살금 걸어갔다.

'누가 보는 사람은 없겠지?'

에레나는 총장실의 닫혀 있는 문을 향해 손을 대고 귀를 가져갔다.

'무슨 이야기를 하는 중이지?'

땡. 땡. 땡.

아쉽게도 신학기의 시작을 알리는 종소리가 울리기 시작했다.

'저 사기꾼이 총장 할아버지께 무슨 수작을 부리는지 알아야 하는데.'

종소리가 들리자 에레나는 아쉬움이 가득한 표정을 지었다. 제국 아카데미 총장은 그녀가 할아버지라고 따를 만큼 존경하고 믿는 어른이다.

어제까지 아카드의 만행을 경험한 에레나였기에 그녀는 아카드가 총장에게 무슨 사기라도 칠까 싶어 쉽게 자리를 옮길 수 없었다.

사기꾼의 음모를 파헤칠 것이냐? 강의실로 갈 것이냐?

에레나는 한참을 고민을 했지만 결국 선택은 강의실이었다. 가문에 그녀의 학교생활이 일일이 보고되기에 어쩔 수 없는 선택이었다.

에레나는 무거운 발걸음을 옮기며 강의실로 향했다.

* * *

"뭣이라?!"

대륙에서 제일 명성이 높은 사람의 방이라고는 상상할

수 없을 정도로 사방이 책들로 가득 차 있는 방 안에서 고함소리가 들렸다.

방 안의 책들이 들썩일 정도로 큰 목소리.

'영감이 화통이라도 삶아 먹었나?'

아카드는 총장의 우렁찬 목소리에 귀를 후볐다. 아카드의 반응이 어떻든 총장은 말을 계속 이어나갔다.

"학생들의 창업을 허락해 달라? 내가 지금 잘못 들은 것인가?"

"제대로 들으셨습니다."

"내가 왜? 무슨 이유로?"

"전쟁도 끝나고 무궁무진한 기회들이 쏟아질 텐데, 학생이라는 이유로 막는 것은 불평등 아닙니까? 학교의 이념이 자유와 평등 아닙니까?"

아카드가 총장실 한쪽 벽에 걸린 '자유와 평등'이라는 글자가 적힌 액자를 가리켰다.

"미친놈! 저거 그냥 폼으로 달아 놓은 거야. 하여튼 무조건 학생이 상행위하는 건 금지야, 금지!"

총장의 말에도 일리가 있다.

3년 전 대륙전쟁이 한창일 때, 아카데미 내에서는 몇몇 상단가 자식들의 주도로 창업 붐이 일기 시작했다.

전쟁으로 인해 모든 것이 마이너스를 기록하는 불황 속

에 귀족들이 선호하는 상품을 밀수하면 큰돈을 벌 수 있다는 은밀한 소문이 돌았기 때문이다. 그럴싸한 소문에 몇몇 중소 상단의 자녀들이 겁 없이 장사에 뛰어들었다.

그들이 사채에 손대면서까지 건드린 품목은 골동품.

어리석게도 정해진 가격도 없는, 그것도 엄청난 고가의 품목을 선택한 것이었다.

거기다가 물건의 출처도 의심스러운 밀수품이었다.

거대 상단가 자녀들의 은밀한 지원으로 장사를 시작한 학생들은 조금만 기다리면 큰돈이 굴러들어 올 것이라는 희망에 부풀었다.

결과는 대실패.

시장과 고객의 성향을 파악하지 못한 학생들에게는 당연한 결과였다.

골동품 시장은 모두에게 열려 있는 오픈마켓(open market)이 아니다. 철저하게 믿을 수 있는 곳에서 믿을 만한 사람에게만 구입하는, 지하 경제에 속하는 블랙마켓(black market)의 영역이다.

애송이에게서 출처도 불분명한 물건을 순순히 구입할 만큼 순진한 귀족은 제국 그 어디에도 없었다.

High risk high return.

이익을 쟁취하지 못한 그들에게 남은 것은 공포였다. 헛된 희망 속에 꼭꼭 숨어 있던 사채의 불덩이가 애송이들을 불태우기 위해 다가오고 있었다.

평생 부모에게 손만 벌려 온 학생들에게 사채의 압박은 하루하루가 지옥이었다. 결국 공포를 이겨내지 못한 몇몇 학생이 스스로 목숨을 끊는 극단적인 선택을 하게 되었다.

그날 이후 총장 직권으로 수십 년간 변함없이 이어 온 학칙이 바뀌었다.

거대 상단가에서는 제국 아카데미의 교훈인 자유와 평등 중 자유에 어긋나는 일이라고 항의해 보았지만, 총장은 꿈쩍도 하지 않았다. 도리어 상행위를 하는 즉시 퇴학 조치를 내리는 강수를 두었다. 그 이후 학교 축제의 일일 시장을 제외한 모든 재학생들의 이익 활동은 전면 금지되었다.

'미치겠네.'

상행위를 금지한다는 말에 아카드는 머리가 지끈 아파온다.

'그럼 빨리 여길 빠져나가는 수밖에.'

아카드는 어쩔 수 없다는 표정으로 총장을 향해 선언했다.

"조기 졸업 신청을 하겠습니다."

Chapter 10.
동아리 가입

"해!"

"네?!"

아카드는 당황했다. 꽤 어렵게 꺼낸 이야기인데 레이놀드 총장이 너무나 쉽게 대답했기 때문이다.

"해! 하라고. 조기 졸업."

"그렇습니까?"

"학칙에 나와 있잖아. 성적 장학생들은 수강 과목을 추가로 신청할 수 있다. 합격 통지서에 적혀 있는데, 안 읽어 봤어?"

"다 읽어 봤습니다."

"근데 왜 물어? 성적만 좋다면 한 학기 정도는 빨리 졸업할 수 있을 거야. 이제 볼일 없으면 얼른 나가 봐."

총장이 손가락을 흔들며 얼른 나가라는 손짓을 했다.

아카드는 총장의 축객령에도 소파에서 움직이지 않았다. 오히려 고개를 흔들며 입을 열었다.

"오해가 있었나 봅니다. 고작 한 학기 조기 졸업이 아닙니다."

"그럼?"

"2년 만에 졸업하고 싶습니다. 예전에 몇몇 분이 그랬던 것처럼."

"풉."

레이놀드 총장은 차를 마시다가 내뿜었다. 이제는 총장이 당황할 차례다.

"미안. 내가 너무 어이가 없어서 말이지. 다시 말해 보게, 무슨 조기 졸업?"

"아카데미 다니는 기간을 반으로 줄이고 싶습니다. 받아주시겠습니까?"

"당연히 안 받지. 내가 노망 든 것처럼 보이나?"

"전례가 있었던 것으로 아는데 거절하는 이유가 뭡니까?"

"있긴 있었지. 근데 지금은 적용 안 되는 제도야. 특수한 상황과 특수한 인간이 합쳐져야 적용되는 제도거든."

"적용 안 될 것도 없다고 생각됩니다만……."

"2년 만에 졸업한 사람이 누군지 알아보고 난 뒤에 이야기하지. 조기 졸업자들이 누군지, 왜 조기 졸업 시켜야 했는지 찾아봐……."

"비스코 재상과 자이로 장군이라고 알고 있습니다만."

"잘 아네. 한 명은 윌슨 왕국이 분열하고 있을 때 말단 공무원으로 들어가 왕국을 통일한 명재상이고, 다른 하나는 다인 독립 전쟁의 선봉장으로서 전쟁을 승리를 이끈 장군이지. 한마디로 천재가 아카데미를 떠날 수밖에 없는 상황이 오면 쥐꼬리만큼 열어 주는 제도란 말이지."

"그래서 찾아왔습니다."

아카드는 '무슨 소리야' 라는 표정으로 자신을 바라보는 총장의 눈초리를 받았다. 아카드는 여유롭게 찻잔을 들고 한 모금 마시며 한 타임 쉬었다.

"학칙에 보면 '우수한 재학생이 특수한 환경에 처할 때는 조기 졸업을 허용한다. 조기 졸업 신청은 어느 때나 자유롭지만, 특수한 환경이 아니라고 판단될 때에는 총장의 직권으로 거부할 수 있다. 단, 아카데미에서 최소 2년 이상 수학하여야 한다.' 라고 명시된 것으로 압니다만."

"네놈이 전재에 불가피한 상황에 직면했다 이 말이냐?

이놈 보게. 보기보다 엄청 뻔뻔한 놈이네."

"지금은 전시 상황이고, 저는 전쟁에 없어서는 안 될 보급품을 책임지는 전쟁상인이란 거 아시지 않습니까?"

총장의 반문에 아카드는 여유롭게 받아치며 웃었다.

레이놀드 총장은 어이가 없다는 표정으로 음성을 높였다.

"오냐오냐 했더니 누구 앞에서 사기 치려고 해! 전쟁 끝난 지가 언젠데."

"아직 종전 협상은 마치지 않은 것으로 압니다만. 공식적인 발표가 없으면 아직 전시 상황이지요. 원칙 좋아하시는 분이 법은 왜 모르실까?"

"하여튼 절대 안 돼! 내가 총장으로 있는 동안 그딴 꼼수는 절대 용납 못 해."

"그럼 어쩔 수 없지요. 정식으로 황실에 항의서를 제출하겠습니다. 귀족의 권리로 황제 앞에서 이 문제에 대해 공정하게 판결받겠습니다."

말을 마친 아카드가 자리에서 일어나자, 총장은 다급한 표정으로 그의 팔을 잡았다.

"알았다, 알았어. 그 문제는 심각하게 고려해 보도록 하지. 대신 하나만 물어보자."

"뭡니까?"

"고대 신화에 보면 빛의 신이 드래곤에게는 절대 마법을, 엘프에게는 진실의 눈을, 드워프에게는 불을 다스리는 재능을 선물을 주었지. 그러자 빛의 신을 질투한 밤의 신이 오크에게는 파괴의 본성을, 흡혈 종족에게는 어둠의 공포를 선물로 주었다고 기록되어 있네. 들어본 적이 있나?"

"어렸을 때 들어본 것 같습니다."

"그 때 인간이 받은 선물이 뭔지 기억하나?"

"황금 저울 말입니까?"

"정확하게는 빛의 권능과 어둠의 권능을 녹여 만든 저울을 주었지. 그 빛깔이 황금색처럼 눈부셔서 편의상 황금저울이라고 불리긴 했지만."

"조기 졸업과 관련 없는 내용은 나중에 듣겠습니다. 첫날부터 지각이라 서둘러야겠군요."

아카드가 일어서서 총장을 향해 고개를 살짝 숙였다. 인사를 끝낸 그가 몸을 돌릴 때 총장의 날카로운 말투가 날아왔다.

"자네는 그 저울에 무엇을 올려놓고 싶은가? 명예? 돈? 힘? 여자?"

"저울 자체를 가질 겁니다. 내가 가진 것과 가지고 싶은 것을 올려놓고 부족한 것은 끊임없이 채워 나갈 생각입니다."

갑작스러운 총장의 질문에 아카드는 한 치의 망설임도 없이 대답했다.

그리고 곧바로 총장실을 빠져나갔다.

“50년 만에 자네와 같은 대답을 하는 놈이 나타날 줄이야.”

총장이 명재상으로 불리던 한 사람을 추억 속에서 떠올리며 허탈한 웃음을 지었다.

* * *

“잘 부탁한다. 1년 동안 여러분의 담임 교수를 맡게 된 마가렛 요한슨이라고 한다. 아카데미 내에서는 평등하다는 원칙은 알고 있겠지? 부디 신분에 관계없이 잘 어울렸으면 한다.”

간단한 입학식을 마치고 모여든 강의실.

하프엘프로 보이는 30대 초반의 여교수가 단상 위에 올라가 자기소개와 당부의 말을 건네며 연설이 시작되었다.

‘평등은 개뿔. 총장부터가 불평등으로 가득한데 학생들한테 평등을 강조하는 건 모순이지.’

강의실 제일 뒤편에서 턱을 괴고 앉아 있는 아카드의 표정에 불만이 가득하다. 지금 그의 귀에 담임 교수의 말이

들어올 턱이 없다.

'앞으로 투자상단을 고르는 가이드라인과 직원들의 교육, 비용 등을 결정하기에도 빠듯한 시간에 한가롭게 아카데미라니. 대충 좀 끝내지.'

이런 표정은 아카드뿐만이 아니었다.

특별 전형으로 입학한 귀족 자제들과 상단가 자제들도 같은 표정으로 심드렁하게 담임 교수를 바라보았다.

일반 전형으로 입학한 평범한 학생들은 조금 다른 표정을 지었다.

평소에 우러러보고 접근하기도 힘든 귀족 자제들과 친구로 보낼 거라는 기대감이 얼굴로 드러난 학생들도 간간이 보인다.

'세상은 그렇게 순수한 곳이 아니란다.'

아카드가 헛된 기대를 가지고 있는 학생들을 바라보며 혀를 찼다.

"내일부터 다음 주 금요일까지 수강 신청 기간이니까 신중하게 선택하도록. 그리고 다음 주까지 수업은 없다. 그러나 여러분 앞에 엄청난 스케줄이 기다리고 있으니 후회하지 말고 수강할 과목을 예습하길 바란다. 이상."

신입생들의 마음을 잘 헤아렸는지 그녀는 출석을 부른 뒤 이야기를 짧게 끝마쳤다. 아이들은 고개를 숙여 인사를 했다.

"와아!"

학생들이 환호성과 함께 자리에서 일어나 강의실을 나가려고 할 때였다.

갑자기 담임 교수가 나간 문이 덜컥 열렸다.

뭐 빠뜨린 게 있나?

신입생들 대부분이 그런 생각을 하고 있었다. 구두 굽 소리와 함께 등장한 사람은 의외로 교복을 입은 여학생이었다.

"뭐야! 다 끝난 것 아니었어?"

아이들은 다시 자리에 앉아야 한다는 짜증스러움에 불평을 내뱉으며 눈살을 찌푸렸다. 하지만 상대가 아름다운 여학생인 것을 확인한 남학생들은 불평이 환호로 바뀌었다.

뒤에 앉아서 졸고 있던 기사학부 특기생으로 보이는 덩치 큰 남학생들은 앞자리를 차지하기 위해 허겁지겁 뛰어갔다.

자리를 뺏긴 몇몇 남학생들은 그들을 노려보았지만, 약육강식의 세상에서 약자가 할 수 있는 것이라고는 없었다.

"신입생 여러분, 안녕하세요. 이번에 신입생 안내를 맡게 된 에레나라고 해요."

인사를 마친 그녀가 신입생들에게 공손하게 허리를 숙였

다.

"와!"

짝짝짝!

"제가 오늘 여러분을 만나기 위해 온 것은 아카데미 학생이라면 무조건 의무적으로 가입해야 하는 동아리에 대해 소개해 주기 위해서예요. 학교에 존재하는 동아리는……."

강의실에 앉아 있는 신입생들이 그녀의 말 한 마디, 한 마디에 집중하고 있었다.

특히 남학생들의 집중력은 대단했다. 그들은 에레나가 말할 때마다 박수치며 감탄하고 있었다.

남학생들은 그녀의 모습 어느 한 군데라도 놓치지 않기 위해 눈을 부릅뜨고 있었으며, 옮겨 적는 이도 있다. 대부분의 남학생들은 그녀의 사소한 손짓 하나도 놓치지 않겠다는 각오로 뚫어지게 그녀를 쳐다보고 있었다.

단 한 사람을 제외하고.

'더 들어 볼 필요도 없군.'

아카드는 짜증스러운 표정으로 자리에서 일어났다. 자리에서 박차고 일어난 그는 미련 없이 뒷문을 향해 걸어갔다.

"저기 뒷문으로 나가려는 신입생은 마음에 두고 있는 동아리라도 있나요?"

에레나의 목소리와 함께 모든 강의실의 시선이 문고리를

잡고 있는 아카드에게 향했다.

"아니."

아카드는 당연하다는 듯이 양어깨를 살짝 들어 올리고는 문 밖으로 사라졌다. 그러자 에레나가 당황한 표정으로 말했다.

"모두 움직이지 말고 잠시만 기다려 주세요. 금방 돌아올게요."

말을 마친 에레나가 황급히 강의실을 빠져 나갔다.

신입생들, 특히 남학생들은 뒤따라가고 싶었지만 선후배 간의 전통이 엄격하다고 익히 들어서인지 움직이는 사람은 없었다.

* * *

강의실에서 나온 아카드가 복도를 걸어가고 있다. 저 멀리 건물 입구를 향해 빠르게 걸어가는 그의 머릿속은 한없이 복잡한 상태였다.

'테디 그 자식을 만난 뒤로 제대로 되는 일이 없네.'

아카드는 모든 탓을 테디에게 돌렸다.

그는 알고 있을까? 평소에 감정을 쉽게 드러내지 않는 사람이 테디만 생각하면 흥분한다는 것을.

"아카드 군, 잠시 기다려요!"

"또 뭐야!"

아카드의 불편한 심기가 입 밖으로 고스란히 흘러나왔다. 그는 일단 발걸음을 멈추고 몸을 돌렸다.

'여자 테디 납셨군.'

아카드에게 에레나는 썩 좋지 않은 첫인상으로 남아 있다. 면접 때부터 사사건건 부딪혔기 때문이다.

여자 테디.

쓸데없이 나서기 좋아하고, 전혀 쓸모없는 원칙을 좋아하는 사람.

이것이 아카드가 정의 내리고 있는 에레나의 모습이다.

"하아, 하아. 왜 이렇게 걸음이 빨라요."

"무슨 일이지?"

"선배님!"

"뭐?"

"이제 정식으로 입학했으니 호칭을 붙여 주세요. 그 정도 예의는 갖추고 있을 것이라 믿을게요, 메디아 가문의 소공자님."

비꼬는 것까지 테디랑 판박이구만. 혹시 먼 친척인가? 아카드의 이마에 깊은 주름이 잡혔다.

"서로 오래 볼 사이도 아닌데 용건만 간단히 하시지?

선. 배."

에레나는 손에 들고 있던 파일 노트를 펼쳐서 아카드를 향해 내밀었다.

"뭐지?"

"어느 동아리에 가입할 건가요?"

"안 해."

"해야 할걸요. 동아리 활동을 하지 않으면 졸업이 안 되거든요."

"하아."

아카드의 입에서 한숨이 나온다.

"동아리 정하기가 힘드시면 제가 하나씩 설명해 드릴까요?"

"선배도 동아리에 가입되어 있나?"

"당연히!"

아카드는 잠시 먼 곳을 바라보더니 입을 열었다.

"같은 곳으로 하지."

"알았어요. 후회하지 마요."

에레나는 파일 노트를 펼쳐 동아리 신청서 한 곳에 체크를 했다.

"동아리에 가입하게 된 것을 환영합니다. 아카드 군."

그녀는 장난기 가득한 눈빛으로 아카드의 동아리 가입을

환영했다.

*　*　*

그로부터 2주 후.

A&M 투자상단에도 많은 변화가 있었다.

첫 번째로 수동적이던 직원들의 자세가 적극적으로 바뀌었다. 그전까지 아카드와 토마스의 눈치만 보던 직원들이 현장에 직접 발 벗고 나섰다.

그 덕에 새로운 사업 프로젝트들도 하나둘씩 생겨나기 시작했다.

대표적으로 마법공학과 출신의 매지슨이 기획한 아이스박스가 있다.

황실마법공학연구소에서 개발한 마나구슬을 응용해 개발하고 있는 제품으로, 음식을 시원하게 보관할 수 있는 물건이다.

내부 회의를 통해 향후 맥주 사업과 밀접한 관계가 있을 것으로 예상되어 가치가 높다고 판단, 빠르게 두 번째 프로젝트로 결정되었다.

다른 직원들도 마찬가지. 아이언은 금광 개발 프로젝트를, 파머는 보리 개량 품종 프로젝트를 기획서로 제출하며 활발하게 움직이고 있었다.

그 변화의 중심에는 인턴 직원 테디가 있었다.

인턴 직원이 상단의 첫 번째 프로젝트를 따냈다는 소식은 직원들의 가슴에 불길을 일으켰다. 하나둘씩 사무실이 아닌 현장을 뛰어다니며 적극적으로 A&M 투자상단을 알리기에 정신이 없었다.

두 번째로 직급의 변화가 있었다.

아카데미 문제로 토마스가 상단의 마스터가 되었고 상단의 주인인 아카드는 고문의 자리로 옮겨 갔다.

표면적으로는 직급의 이동으로 크게 바뀐 것 같지만, 보고 체계가 한 단계 늘어난 것 말고는 크게 바뀐 것이 없었다. 기존의 직원들과 직접 의견을 나누고 결정하던 방식이 토마스를 거쳐 보고받는 방식으로 바뀌었다.

세 번째, 직원들이 많아졌다.

석 달의 적응 기간이 필요할 것이라는 예상과는 달리 너무 빨리 결정된 프로젝트들로 인해 각 부서마다 5명까지 직원을 선발할 수 있는 권한을 다섯 직원들에게 부여했다.

2주 간의 짧은 시간 내 동안 많은 변화에 적응하고 신나게 전진하는 A&M 투자상단에 불청객이 찾아왔다.

딩동. 딩동.

"잠시만 기다려 주세요."

항상 활기찬 모습으로 직원들의 사랑을 한 몸에 받는 막내 직원 테디가 얼른 달려가 문을 열었다.

"누구…… 꺄악!"

테디의 비명소리에 바쁘게 서류에 파묻혀 있던 직원들의 고개가 입구 쪽으로 향했다. 누군가가 작고 가냘픈 테디의 몸을 밀치며 사무실 안으로 들어왔다.

"테디, 무슨 일이야?"

"무슨 일 때문에 찾아오셨습니까."

"여기 상단 주인이 누구야! 당장 나오라고 해!"

정수리가 홀랑 벗겨진 40대의 거구가 기분 나쁜 웃음을 지으며 상단 내부를 둘러보았다.

무례한 사내의 행동에 직원들 중 몸이 가장 좋은 로우가 앞으로 나왔다.

"무슨 일로 찾아오셨습니까?"

"여기 주인 나오라고 해!"

"약속은 하셨습니까?"

"약속?"

거구의 사내는 로우를 향해 고개를 돌렸다. 로우를 벌레 쳐다보듯이 바라보는 사내는 콧방귀 뀌며 말했다.

"이딴 구멍가게 주인을 만나는데 무슨 약속! 씩 나오리고 해!"

"신분을 먼저 밝혀 주십시오."

"네깟 놈은 알 자격도 없어. 다 부숴 버리기 전에 주인이나 불러."

적대적인 사내의 행동에 로우의 음성이 점점 올라갔다. 로우는 사내 앞으로 다가와 맞섰다.

"약속도 하지 않으신 것 같으니 방명록에 이름을 남기고 나가 주십시오. 마스터가 오면 보고 드리겠습니다."

"뭐야? 이놈 봐라. 애들아!"

거구 사내의 목소리에 경무장을 한 기사 두 명이 문을 박차고 사무실 안으로 들어왔다.

'WILL' 이라는 글자가 새겨진 체인 갑옷을 입고 사무실을 침범한 그들은 주인처럼 눈을 부라리며 험악한 분위기를 자아냈다.

"마스터, 부르셨습니까?"

"여기서 한 발자국만 움직이는 놈이 있으면 뜨거운 맛 좀 보여 주어라."

"충!"

갑옷에 새겨진 문자를 본 로우의 표정은 점점 어두워졌다.

'4대 상단 중 하나인 윌 상단이 여기엔 무슨 일로?'

분명한 것은 호의를 가지고 찾아온 것이 아니라는 것이다.

로우가 이 상황을 어떻게 벗어날까 고민하고 있을 때 사무실의 문이 스르르 열렸다.

"어느 놈이야!"

상단 사무실에 침입한 거구의 사내는 자신이 여기의 주인인 양 고함쳤다. 다른 직원들이 그의 눈치를 보며 허둥지고 하고 있을 때 반가운 목소리가 들렸다.

"토마스가 왔어요~ A&M 투자상단의 새 마스터가 왔어요~"

토마스가 노래를 부르며 양손에 무언가를 담은 바구니를 가지고 들어왔다.

"어라. 분위기가 왜 이래?"

평소와는 다르게 싸한 분위기에 토마스가 사무실을 둘러보았다.

벌벌 떠는 직원들과 거구의 사내와 기사 둘, 넘어져 있는 테디. 토마스는 엉망이 된 사무실을 바라보며 화들짝 놀라 뒷걸음질 쳤다.

"제……가 잘못 찾아온 것 같네요. 그럼 안녕히 계세요."

"마스터! 어디 가세요."

"헤헤. 마스터라니요. 사람 잘못 보신 것 같네요."

"네놈이 이름도 요상한 상단의 주인이냐?"

거구의 사내는 토마스의 멱살을 잡고는 두툼한 주먹을 날렸다.

"이거 왜 이러세요!"

"네놈들이 빼앗아 간 드워프 얌전하게 데려와. 그럼 목숨은 살려 주지."

거구의 사내가 한 대 더 치기 위해 주먹을 날리려는 순간!

"듀랄 아저씨! 살려 주세요!"

토마스의 고함소리와 함께 건물을 울리는 발자국이 들렸다.

쿵! 쾅! 쿵! 쾅!

팍!

입구의 문이 부서지고 토마스 앞에 있는 거구의 사내가 왜소해 보일 정도로 엄청난 그림자가 그들을 덮었다.

그레이트 엑스가 손도끼처럼 보일 만큼 큰, 2미터가 넘는 녹색 피부의 거구가 들어왔다.

주먹만 한 코와 입술, 밖으로 튀어나온 아래 어금니를 번뜩이며 나타는 거구는 토마스의 멱살을 잡고 있는 사내를 노려보고 있었다.

"듀랄 아저씨 굿모닝!"

"국이고 스프고 간에 이 버러지들 누구냐?"

"모르겠어요. 출근하자마자 저를 마구 패더니 이 상단을 버러지라고 하네요."

"그래?"

메디아 가문의 4대 가신 중 한 명인 듀랄이 콧구멍에서 하얀 연기를 뿜으며 천천히 앞으로 다가가자 두 명의 기사가 앞으로 나왔다.

"멈……춰……라!"

처음 들어왔을 때의 당당함은 사라지고 기사들의 목소리가 떨린다. 오크 전사 듀랄을 겨누는 창끝이 심각하게 떨린다.

"아그들아, 장난감 치워라잉."

"다……가오……지…… 마!"

"피를 봐야 정신차리겠구만."

듀랄은 거구의 체구에서 나온 스피드라고는 믿기 힘들 정도로 전광석화처럼 다가와 그들의 발목을 잡았다.

그러고는 사정없이 그들의 몸을 대리석 바닥에 연속으로 내리친다.

쾅! 쾅! 쾅!

딱 세 번의 소리.

기사들은 비명 한 번 질러 보지 못하고 피투성이 상태로 기절하였다.

잠시 후, A&M 상단 사무실 밖으로 하얀 천이 덮인 들것 세 개가 조용히 빠져나갔다.

* * *

"제국의 내각은 15부처를 두고 있습니다. 모든 부처를 지휘, 감독하는 총리와 대신은 원로원에서 추천하고 황제가 임명합니다. 총리는 각 부처를 대표하여 법률, 예산, 법안 등을 원로원에 제출하고 황제의 부재시, 황제를 대신하여 긴급사태를 선포할 수 있습니다. 특히 전쟁과 자연재해 등이 있을 때는 치안 유지를 위해 모든 무력 단체들을 통제하는 임무도 맡습니다. 시험에 잘 나오는 부분이니 꼭 외워두세요."

2학년 행정학개론 수업.

행정학 교수는 마법 프로젝트를 이용해 미리 준비해 온 강의 자료를 칠판에 비추며 열심히 설명하고 있다. 학생들 손도 교수의 설명에 부지런히 바빠진다.

스스스슥. 다다다닥.

교수의 손놀림 한 번에 칠판에 적힌 글자들이 바뀌고 아이들은 받아 적느라 정신이 없다.

땡. 땡. 땡.

하루의 마지막 수업을 마치는 종이 울려 퍼지고, 교수가 나가자마자 아이들은 축 늘어진다.

아이들과 전혀 다른 이유로 늘어진 몸을 푸는 학생이 하나 있었으니 바로 아카드였다.

딴 아이들이 필기하느라 진이 빠진 사이, 아카드는 수업 시간 내내 졸다가 일어나 양팔을 들고 기지개를 폈다.

아카드가 2학년 수업을 신청한 이유는 며칠 전 총장이 조기 졸업 신청을 받아들였기 때문이다.

대신 조건이 세 가지 있다.

첫째, 반드시 수강한 과목마다 3등 안에 들어갈 것.
둘째, 방학 때 총장이 지시하는 특별 과제를 완수할 것.
셋째, 학교생활에 충실할 것.

비공식적인 네 번째 조건도 있었다.

그것은 아카데미 내에서 은밀하게 상행위를 할 시에 총장에게 반드시 보고하는 조건이다.

결론적으로 있는 조항을 허락해 주면서 재미—총장은 정성이라고 강조하지만—도 보겠다는 이야기다.

아카드는 모든 것을 받아들였다.

협상한다고 해서 조건을 바꿔 줄 인물도 아니고 칼자루

를 쥐고 있는 사람도 총장이다. 이럴 경우 조건을 좀 더 좋게 해 보겠다고 나서는 것보다는, 시원하게 수용하는 편이 더 이득이었다.

괜히 덤벼들었다가는 조건을 더 어렵게 만들어 버릴 인물이라는 것이 아카드의 분석이다.

드디어 아카데미에서의 첫 강의. 아카드는 수업 시간 내내 졸았다. 배울 것이 없었기 때문이다.

"어렸을 때 집사한테 다 배운 것이잖아. 돈 아까워 죽겠네."

아카드가 투덜투덜거리며 향한 곳은 셔틀마차 정류소. 동아리 건물을 찾아가기 가까운 정류소 앞에 섰다.

마음 같아서는 당장이라도 도망가고 싶었다. 그러나 조기 졸업 세 번째 조건이 걸려 있어 어쩔 수 없이 동아리 활동을 필수적으로 해야 하는 상황이었다.

선선한 봄바람을 맞으며 서 있을 때 저 멀리서 6마리 말이 이끄는 대형 마차가 정류소 앞에 섰다.

문이 양쪽으로 열리고 아카드가 들어갔을 때 몇몇 학생들이 놀란 표정으로 그를 바라보았다.

그러나 쉽게 다가오는 사람은 아무도 없었다. 아카드 특유의 무겁고 폐쇄적인 분위기가 누구의 접근도 허락하지 않았기 때문이다.

한 남학생이 아카드 옆으로 조심스럽게 다가왔다.

"저기, 같은 신입생이지? 나 폴이라고 해."

"아카드."

폴이라는 신입생이 내민 손길을 살짝 부딪친 아카드는 자신의 이름을 짧게 말했다.

이쯤 되면 자신이 대화하기 싫어한다고 눈치챌 만도 했건만 폴이라는 학생 자체가 원래 붙임성이 좋은지 말을 계속 이어나갔다.

"난 네가 합격할 줄 알았어."

"그래? 고맙군."

"그런데 어디 가는 중이야? 체육관? 동아리 건물?"

"동아리 건물."

"정말? 어떤 동아리 들었어? 넌 귀족이니까 정치 동아리? 승마 동아리? 아니면 검술 동아리?"

"글쎄. 나도 궁금해."

"무슨 말이야?"

아카드는 짜증스러운 눈빛으로 말을 툭 뱉었다.

"그 동아리의 정체를 내 눈으로 확인하기 위해 가는 중이거든."

Chapter 11.
공개 입찰

마차에서 내린 아카드의 눈앞에 건물이 있었다. 붉은 벽돌로 된 건물로 뒤에는 산이, 앞에는 승마장과 양궁장, 검술장이 늘어서 있었다.

"404호면 4층인가?"

3학년 강의 시간에 에레나가 동아리 위치를 알려 주었다. 다음 수업이 있다며 달아나는 바람에 어떤 동아리인지까지는 알 수 없었지만 큰 걱정은 하지 않았다.

"어차피 시간만 때우고 올 거니까."

아카드는 나른한 표정으로 건물을 향해 들어갔다.

탁탁. 치이이이! 보글보글!

아카드는 404호 문 앞에서 한참을 망설였다.

뭔가 예감이 이상했다.

일단 소리부터가 요란하다.

생전 처음 들어보는 소리가 404호 안에서 들려왔다.

'기계 동아리인가? 전쟁이 일어나는 동안 젊은 여자들의 취향이 바뀌었나?'

아무리 생각해도 이상하다. 기계 동아리인 것은 분명한데 도대체 남자의 목소리가 한 명도 들리지 않는다.

뭐해? 온도가 안 맞잖아, 타이밍이 안 맞잖아, 다시 집어넣으라고, 왜 이렇게 손이 느려, 빨리빨리 움직여 등등.

'아무리 들어 봐도 대화 내용이 기계 동아리 아니면 마법 동아리 같은데.'

아카드는 내부 상황을 살펴보기 위해 문손잡이를 잡았다. 그리고 천천히 고요하게 손잡이를 돌리고 있을 때 문에서 검은 그림자가 나타났다.

아카드가 황급히 손잡이를 놓으려고 했지만 이미 늦었다.

"아카드 후배님, 입부를 환영해요."

익숙한 목소리와 함께 404호의 굳게 닫혀 있던 문이 활짝 열리고 아카드가 난생 처음 보는 신세계가 나타났다.

중앙에 황동으로 만든 요리 조리대를 중심으로 오른쪽 벽을 제외한 모든 곳에서 황금의 향연이 벌어지고 있었다.

왼쪽 트롤리 안에는 구리로 만든 팬, 냄비, 찜기들이 가지런히 수납되어 있었다. 반대편에는 붉은 벽돌로 만들어진 미니 폐쇄형 화덕이 지글지글 열기를 내뿜으며 방 안을 후끈 달아오르게 만들었다.

무엇보다도 가장 적응이 안 되는 것은 앞치마를 입은 학생들의 시선.

아카드와 전혀 상관이 없었던, 앞으로도 영원히 상관없을 사람들이 각자 하던 일을 멈추고 아카드를 바라보며 격하게 환영하기 시작했다.

"요리 동아리에 온 것을 진심으로 환영합니다."

* * *

묘한 눈부심에 아카드의 눈꺼풀이 서서히 올라갔다.

그곳은 낯선 방, 정확하게 말하면 그가 절대 기억하고 싶지 않은 방이었다.

"후배님, 일어났어?"

그의 눈을 괴롭히는 빛은 창문 너머로 투과되는 봄의 햇살이다. 직선의 사다리꼴로 내리꽂는 햇살 너머에 아카드가 기억하고 싶지 않은 그림자들이 나타났다.

"신입생, 일어나. 내가 신메뉴를 개발했어."

"우…… 우웩!"

육감적인 몸매를 가진 여인이 가슴 위로 들고 있던 은쟁반을 내밀었다. 아카드는 은쟁반 위에 있는 것을 보는 순간 속 깊은 곳에서 무언가가 올라오는 것 같았다.

"너무해!"

*　*　*

"이 지옥에서 어떻게 벗어난다?"

아카드는 요리 동아리를 벗어나기 위해 발버둥 쳤으나 결론은 동아리 이적 불가. 수강 신청 기간이 지나면 동아리를 변경할 수 없다고 명시되어 있었다.

아카드가 요리 동아리에서 맡은 임무는 시식.

처음에는 아주 쉽다고 생각했다.

먹고 평가만 하면 된다고 생각했으니까.

그건 아카드의 엄청난 오판이었다. 매일 저 음식을 먹고 살아남을 수 있을지 생명의 위협까지 느껴야 했다.

손에 물 한 방울도 묻히지 않은 여학생들이 대부분인 이곳은 마법사들의 연구실과 다를 것이 하나도 없었다.

왜 요리 동아리 선배들이 시식을 기피하는지 절실히 깨닫고 있었다.

요리 동아리에서 벗어나고 싶지만 조기 졸업이라는 족쇄 때문에 매일 끌려와야 했다.

'이 망할 아카데미는 왜 이렇게 학생을 옭아매는 학칙이 많은 거지?'

잠시나마 지옥 밖으로 탈출하는 데 성공한 아카드는 절망의 한숨을 쉬며 근처 벤치를 향해 걸어갔다. 나무 그늘 아래에 있는 벤치에 누워 편안히 눈을 감았다.

그때 공중에서 뭔가가 아른거린다.

아카드가 살짝 눈을 뜨자 종이 한 장이 날아다녔다.

"뭐지?"

아카드가 호기심을 보이자마자 하늘에서 산들바람이 종이를 휘감았다. 날아다니던 종이가 산들바람에 잡혀 꼼짝없이 아카드 옆에 딱 떨어졌다.

"요즘 이상한 일이 많이 생기네."

선술집에서 기사의 칼을 막은 일도 그렇고 지금의 일도 그렇고, 마치 바람이 아카드 마음대로 움직여 주는 느낌이다.

"기분 탓이겠지."

아카드는 말도 안 되는 일이라고 생각하며 피식 웃었다.

곧바로 팔을 뻗어 종이를 잡아챘다.

갑자기 아카드의 눈이 호기심으로 바뀌었다.

종이의 정체는 학생 소식지.

신문 동아리에서 배포하는 것으로, 아카데미의 각종 소식들을 종이 한 장에 간략하게 정리한 것이다.

몇 개 안 되는 문장 중에서 그의 눈에 들어온 것은 단 하나의 문구였다.

노틸러스 제국 아카데미 납품 업체 공개 입찰

일주일 안에 아카데미에 납품할 의사가 있는 상단은 공시한 납품 물품들 중 단 하나만 골라 입찰하라는 내용이다.

납품 목록 중에 아카드의 눈에 들어온 것이 있었다.

맥주

자신이 만든 A&M 투자상단에서 야심차게 준비하는 맥주가 입찰 공고 제품 목록에 포함되어 있었다.

'시기가 딱 들어맞는군.'

아카드는 눈동자를 빛내며 다른 소식도 살펴보았다.

두 달 뒤인 5월에 축제를 한다는 소식 말고는 그의 관심을 끌 만한 소식은 더 이상 없었다.

"이제 어떻게 하면 이 두 가지를 섞어서 작품을 만드느냐가 문제인데."

아카드는 눈을 감고 생각에 잠겼다.

아카데미 공개 입찰을 따내기만 하면 상단의 이름을 알리는 것은 식은 죽 먹기다. 그는 어떻게 해야 이 기회를 살릴지에 대해 고민했다.

그때 그의 상념을 깨는 목소리가 들려왔다.

"후배님! 오늘은 회의밖에 없어요. 걱정 말고 올라와요."

고개를 올려보니 멀리서 봐도 한눈에 알아볼 수 있는 에레나가 환한 미소로 손을 흔들며 자신을 부르고 있었다.

'젠장!'

금방이라도 도망치고 싶었지만, 아카드는 습관적으로 천천히 지옥을 향해 걸어갔다. 조기 졸업을 위한 어쩔 수 없는 선택이다.

요리 동아리의 총 인원은 아카드를 제외하고 5명이다.

동아리 회장을 맡고 있는 에레나와 부회장을 맡고 있는 궁내청장의 딸 케리, 상단가의 딸 피오라와 마법연구소장의 딸 제이나. 마지막으로 막무가내로 가입한 안나까지 소규모 인원으로 구성되어 있다.

그런데 성격이 또한 제각각인 데다가, 아카드를 제외하고는 동급생으로 구성되어 있어서인지 고집들도 은근히 세다.

"이번 봄 축제에서 무조건 1등 해야 해. 파이팅!"

안나의 박력 넘치는 목소리.

"1등보다는 최선을 다하는 것이 교양 있는 학생의 자세가 아닐까요?"

궁내청장의 딸로 매번 교양을 강조하는 케리.

"학교 축제는 찍은 남자를 내 것으로 만들 수 있는 좋은 기회라고 할 수 있지."

상단의 여식으로 자유분방한 피오라.

"다 끝나면 깨워."

마법공학연구소장의 딸로 뭐든지 귀찮아하는 제이나.

이렇게 각자 다른 색깔을 지닌 사람들과 회의를 하려고 하니 아카드의 머릿속은 터질 것 같다.

5명의 미니 악마들은 요리 조리대에 둘러 앉아 심각한 표정으로 축제에서 판매할 음식을 정하고 있었다.

그런데 나오는 의견들이 가관이다.

그 실력으로 1등을 논하지 않나, 사람이라면 절대 먹을 수 없는 도마뱀 요리가 나오지 않나.

아카드는 자신감에 가득 찬 그녀들의 모습을 바라보며

고개를 흔들었다.

"일단 학생회에 동아리 가게 신청서를 제출해야 하니까 예산부터 정하자. 얼마가 좋을까?"

그나마 인간다운 의견이 하나 나온다. 누구지?

아카드가 고개를 들어 보니 역시 예상대로 에레나가 가장 정상적인 의견을 제시한다.

"1골드 정도면 적당하지 않을까요? 너무 싼 가격에 내놓기에는 우리 요리 동아리의 품격도 있고……."

그 소리를 듣자마자 아카드는 고개를 흔들었다.

'전부 제정신이 아니야.'

당장 1골드만 해도 괜찮은 레스토랑 런치 메뉴를 먹을 수 있는 가격이다. 어느 바보가 그 돈을 목숨을 장담할 수 없는 음식을 위해 지불할까?

공작가 여식, 치안감 여식, 궁내청장의 여식, 마법공학연구소장의 딸, 4대 상단에는 들어가지 못하지만 열 손가락 안에 들어가는 티스 상단의 여식.

요리 동아리에 소속된 그녀들의 집안들이 워낙 대단하다 보니 금전적인 감각이 없다. 적정 가격이라는 것이 없었다.

그나마 동아리 회장인 에레나는 나름대로 정상인 것으로 보이지만 그것도 오래 겪어 봐야 알 일이고.

결론은 동아리 가게는 100% 망한다.

그녀들이 전혀 영양가 없는 토론에 목숨을 걸고 있을 때 6시를 알리는 종이 울렸다.

아카드는 오늘도 지옥에서 무사히 살아남은 자신을 위로하면서 천천히 자리에서 일어섰다.

"큰일 났다! 6시야! 얘들아, 정말 미안해. 나 먼저 가 볼게."

"너 요즘 저녁마다 뭐하느라 6시만 되면 사라지니?"

에레나가 친구들에게 사과를 하며 허겁지겁 일어났다. 그녀는 친구들의 추궁에도 가방을 열어 책과 필기구를 대충 집어넣었다.

빠른 걸음으로 달려가던 에레나가 문 앞에서 멈췄다.

"후배님, 오늘 회의를 부탁드려도 될까요? 내일 아침까지 동아리 가게 신청서를 제출해야 해서."

"다른 사람 시켜. 나도 바쁜 일이 많아서 가 봐야 해. 선. 배!"

"재네들이 제출하면 무조건적으로 가장 나쁜 자리에 배정받을 거예요. 워낙 현실 감각이 없어서."

"잘 아네. 그럼 미리 준비하셨어야지. 선. 배!"

문 앞에 서있는 에레나를 지나치려고 할 때 누군가 자신의 팔을 잡았다.

고개를 돌려보니 에레나가 절대 놔주지 않겠다는 애절한

눈빛으로 그를 바라보았다.

"내일 하루 시식을 면제해 드릴게요."

"싫어."

"이틀!"

에레나가 손가락 두 개를 아카드 눈앞에 내밀었다.

"싫어. 길 막지 말고 비켜!"

"좋아요. 정말 많이 양보했다."

그녀는 큰 결심을 했다는 표정으로 손가락 네 개를 펼쳤다.

"나흘. 더 이상 튕기면 그냥 갈 거예요."

"에누리 없이 일주일. 나 바쁜 몸이야."

에레나는 새초롬하게 아카드를 노려본다.

'와, 이 인간은 아카데미에서도 사기 치려고 하네. 상단 스케줄 훤하게 꿰뚫고 있는데 어떻게 하지? 지금 달려가도 지각인데.'

에레나는 할 수 없다는 표정으로 말했다.

"알았어요, 일주일. 대신 약속해 줘요. 빈틈없이 작성해 준다고."

"걱정하지 마."

그녀는 고개를 한번 끄덕이더니 계단을 향해 뛰어갔다.

아카드는 몸을 놀렸다.

그곳에는 4명의 악마가 청동 조리대에 둘러앉아 자신의 의견이 옳다고 큰 소리를 내며 싸우고 있었다.

아카드의 얼굴에 살짝 그늘이 진다.

이들을 보는 순간 에레나에게서 뺏어낸 전리품은 사라지고 엄청난 바위가 자신을 누르고 있었다.

'과연 잘해 낼 수 있을까?'

*　*　*

새벽 한 시.

토마스가 투덜거리며 아카드의 호텔방으로 향했다.

"진짜 짜증나네! 사람이 예의가 있어야 말이지. 나도 이제 어엿한 상단의 마스터인데."

똑! 똑!

토마스가 복도에 있는 방 하나를 노크했다.

"들어와! 시제품은 완성됐나?"

"말도 마십시오. 요즘 구시가지에 저희 맥주 열풍이 뜨겁습니다. 그냥 쉽게 말해서 구시가지에서 다른 맥주 구경하는 것이 더 힘들다고 생각하시면 됩니다."

"수고했어. 그럼 2단계 준비해."

"이번을 계기로 제국의 맥주 시장에 깃발 꽂을 준비를

해야겠네요. 입찰가는 얼마 정도?"

아카드는 은밀하게 작은 소리로 중얼거렸다. 말이 끝나자마자 환하게 웃던 토마스의 얼굴이 급격하게 굳어진다.

"하지만……."

"나를 믿어. 최고의 선택이 될 거야."

아카드는 토마스의 표정과는 달리 회심의 미소를 지으며, 앞으로 다가올 아카데미 납품 입찰에 관한 전략을 새벽이 올 때까지 계속 구상했다.

* * *

공개 입찰 당일.

화려한 마차들이 깃발을 휘날리며 아카데미 정문 앞에 멈췄다. 마차에서 내린 사람들은 주변을 둘러보며 낯익은 사람들과 인사를 나누었다.

서로가 경쟁자가 될 수밖에 없는 상황.

단 하나의 승자만 살아남는 약육강식의 세계.

하지만 이상하게도 그들의 모습에서 긴장감이란 찾아볼 수 없다. 평화롭다고까지 해야 할까?

가벼운 분위기로 공원에 산책 나온 사람처럼 편안한 표정으로 대화를 나누고 있었다. 승리에 선혀 관심이 없고 딘지 들러리로 나온 사람처럼 그들의 발걸음은 가벼웠다.

택시 한 대가 도착하고 들러리들의 평화를 깨는 목소리가 들려왔다.

"와우! 제국 아카데미! 정말 반갑다."

상단주들과 관계자들의 시선이 택시에서 내린 사람을 향해 집중되었다.

아담한 체구에 둥근 안경을 쓴 귀여운 청년은 두 팔을 벌리고 고개를 뒤로 재꼈다.

상단주들과 관계자들은 '아카데미 학생이겠지.' 라고 여기고 자신들의 목적지를 향해 평화롭게 걸어갔다.

택시에서 내린 청년은 교문 앞으로 한 발자국 다가와 아카데미의 전경을 지긋이 바라보았다.

"5년 만이구나. 잘 있었니?"

교문 너머의 풍경을 웃으며 바라보는 청년의 눈가에 이슬이 맺혔다.

청년은 5년 전의 모습을 떠올렸다. 국경을 건너 졸업식에 참석한 부모님이 고생했다고 어깨를 두들겨 주신 손길이 아직 느껴지는 것 같은데, 이제는 자신만이 홀로 남아 질긴 목숨을 유지하고 있다.

청년의 고개가 하늘을 향했다.

구름 한 점 없는 청아한 푸른 하늘.

청년은 푸른 하늘을 도화지 삼아 부모님의 얼굴을 그렸다.

'항상 힘내! 행복하게 살아야 해!' 라고 외치는 부모님에게 말을 걸었다.

'아버지. 어머니. 저 아들이에요. 그동안 낯에 인사를 못해 섭섭하셨죠? 이해해 주세요. 악덕 주인을 만나 고생이 말이 아니랍니다. 저보다 몇 살 어린 주인인데 얼마나 차갑고 악마 같은지 몰라요. 스파이라며 억울한 누명 씌워서 월급도 안 줘요. 그뿐이면 말도 안 해요. 툭하면 새벽에 불러내는 나쁜 주인이랍니다. 그래도 너무 뭐라고 하지 마세요. 가끔은요, 아주 가끔은요, 저보다 더 생각이 깊고 어른스러워요.'

아카데미를 지키는 경비병 하나가 다가온다. 토마스를 향해 다가오는 눈빛에 경계심이 가득하다.

'어머니에게 누명을 씌운 그레고리 백작 기억나시죠? 그 놈을 조종한 놈이 있대요. 누구냐고요? 바로 제국은행장이래요.'

토마스는 주머니에서 입찰 참가자임을 증명하는 명찰을 꺼냈다.

'하하하. 우습죠? 저도 우스워요. 아버지는 윌슨 왕국에서 저축왕이라고 불리었는데, 죽이라고 명령한 인간이 제

국은행장이래요.'

명찰을 슈트 포켓에 달기 위해 뒷면의 고정 핀을 풀어 가로로 찔러 넣었다.

'누가 알려줬냐고요? 우리 주인요. 이 정도면 약간은 믿을 만하죠?'

토마스는 명찰이 똑바로 달렸는지 확인하려고 고개를 숙였다.

'제가 어떻게 그놈들을 부숴 버리는지 하늘에서 똑똑히 지켜봐 주세요. 혼자 할 거냐고요? 아니에요, 우리 주인님이랑 같이 할 거예요. 그러니까 나랑 우리 주인을 위해 기도해 주세요.'

이름표를 달고 고개를 든 토마스의 눈빛이 바뀌었다.

방금 전까지 보였던 유순하고 귀여운 감성이라고는 흔적도 찾아볼 수가 없었다. 차갑고 사냥감을 노려보는 맹수의 눈빛으로 경비병을 스윽 노려보고는 입찰이 열리는 본관 2회의실을 향해 천천히 걸어갔다.

'기도해 주세요. 제발 우리 주인이 화나는 일이 없도록.'

토마스의 모습이 입구에서 완전히 사라졌다. 방금 전까지 그를 수상히 여기던 경비병의 손에 땀이 흥건했다.

* * *

제국 아카데미의 본관 도서관.

수많은 학생들이 자리를 차지하고 움직일 줄을 몰랐다. 그들이 책에 머리를 파묻고 있는 이유가 있었다.

바로 일주일 후에 시작되는 중간고사.

학생들은 중간고사를 잘 치러야 하는 각각의 사연을 가슴에 새기며 교재를 읽고 노트를 참고하느라 고개를 들고 있는 학생이 거의 없었다.

유일하게 고개를 들고 있는 두 학생.

해적의 아들, 백작의 아들, 특별전형 수석 합격자, 요리를 취미로 하는 남자라는 수많은 별명을 가지고 있는 남학생은 고개를 들고 깊은 생각에 빠져 있다.

맞은편에 앉은 사람은 남학생 못지않은, 아니 오히려 남학생을 능가하는 유명세를 가지고 있는 여학생이었다.

제국 최고의 명문가 소공녀, 제국 양대 미녀, 제국 아카데미의 여신이라고 불리는 그녀는 긴 생머리 끝을 손가락으로 말았다가 풀었다가를 반복하며 생각에 빠져 있었다.

바로 아카데미의 명물로 떠오르고 있는 아카드와, 최고의 여신이라 불리는 에레나였다.

그들은 서로 맞은편에 앉아 책을 펼쳤다. 그리고 1시간이 지난 지금까지 한 장도 움직이지 않았다.

'오후 1시에 총장이 황실에 입궁이라. 쉽게 움직여 줄까?'

'제국 아카데미 물건 납품은 10년 넘게 4대 상단과 소속 상인들이 돌아가면서 해 왔는데, 과연 우리 상단이 할 수 있을까?'

둘은 서로 다른 생각을 하고 있지만 목표는 같았다.

'처음 참가한 A&M상단이 과연 맥주 부분에서 입찰을 따낼 수 있을까.' 에 온 신경이 집중되었다.

다른 생각을 하는 두 사람의 시선이 허공에서 마주쳤다.

에레나가 살짝 미소를 지었다. 그러자 아카드도 눈짓으로 인사했다.

아카드의 이런 모습에 에레나는 살짝 놀랐다. 지금 그의 기분을 볼 때 아마 신경이 날카롭고 곤두서 있을 텐데.

다른 사람이 이 모습을 본다면 여유롭다고 생각할 수도 있겠지만 에레나는 다르게 생각했다.

'이 남자, 엄청 긴장하고 있다.'

온 신경이 경매 입찰에 집중하고 있기에 숨겨져 있던 내면의 모습이 나오는 것이라는 사실을 에레나만이 눈치채고 있었다.

건방지고, 무례하고, 말은 막 함부로 뱉지만 항상 양어깨에 무거운 짐을 짊어지고 완벽해질 때까지 고민한 뒤에야 한 발자국 나아가는 남자.

에레나는 갑자기 이 남자가 안쓰럽다는 마음이 들었다. 그녀는 자신도 모르게 탁자에 깍지를 끼고 있는 아카드의 손을 슬그머니 잡았다.

아카드가 놀라 눈이 살짝 커졌다. 그러나 이어지는 그녀의 작은 목소리에 눈꼬리가 내려간다.

"너무 걱정 말아요. 다 잘될 거예요."

아카드는 세상에서 가장 평화로운 미소를 지었다. 그 미소가 얼마나 아름다운지도 모른 채.

에레나의 가슴이 두방망이질하기 시작했다.

* * *

본관 제2 회의실.

긴 타원형의 탁자 주변에 사람들이 앉아 있었다.

그들이 모인 이유는 단 하나!

1년 동안 아카데미에서 사용하는 물품 경매에 참여하기 위해서였다.

공정한 경쟁을 통해 좋은 상품을 학생들에게 판매하기

위해 도입된 경쟁 입찰 제도.

지금은 좋은 취지로 도입된 제도의 장점은 사라지고 단점만 남아 있는 상태였다. 10년 전부터 원래의 좋은 취지는 사라지고, 4대 상단을 중심으로 뭉친 상단들의 담합으로 인해 매년 낙찰 가격이 오르고 있었다.

예전에는 심증은 있으나 물증이 없어 못 잡아냈다고 하지만, 요즘에는 아예 드러내 놓고 담합하는 실정이다.

이렇게 된 이유는 여러 가지가 있지만, 가장 큰 원인을 꼽자면 공무원들의 도덕적 해이가 결정적이었다.

가랑비에 옷 젖는다고, 뇌물과 향응에 천천히 물든 공무원들은 이권 사업이 생기면 노골적으로 4대 상단의 편을 들기 일쑤였다.

오늘도 마찬가지.

1년 동안 제국 아카데미에 사용할 물건을 납품할 상단은 월 상단으로 얼마 전 회의를 통해 급하게 결정되었다.

원래 이런 결정은 1년 전에 이루어지는 것이 보통이다. 그러나 올해는 한 달 전에 바뀌었다.

새로 부임한 월 상단 상단주에게 사기 진작의 차원으로 윗선에서 배려해 준 것처럼 보인다.

경비병이 들어와 다시 한 번 출석부와 사람 숫자를 확인했다.

가장 마지막에 가까스로 참석한 토마스를 끝으로 부정 방지를 위해 제2 회의장의 문이 잠겼다.

"안녕하세요. A&M 투자상단을 맡은 토마스라고 합니다. 선배님들, 잘 부탁드리겠습니다."

"……."

"……."

가장 늦게 도착한 토마스가 명함을 돌리며 특유의 밝은 에너지로 참가자들에게 일일이 찾아가 공손하게 인사했다.

그러나 어느 누구도 토마스에게 말을 건네는 사람은 없었다. 심지어 토마스가 나눠 준 명함을 바닥으로 던지며 구두로 밟는 사람도 있었다.

그때 회의실의 앞문이 열리고 경매를 진행할 집행관이 등장했다. 집행관의 등장에 상단주들과 관계자들은 모두 자리에서 일어나 정중하게 인사한다.

올백의 중년인이 앞으로 다가가 집행관의 오른손을 양손으로 감싸며 허리를 다시 한 번 숙인다.

"쌀쌀한데 고생이 많으십니다, 학생처장님. 그동안 별일 없으셨지요?"

"서로 이렇게 웃으며 인사할 정도면 별일 없는 거 아닙니까? 하하하."

"아이고, 그렇지요. 모쪼록 잘 부탁드리겠습니다."

"기침만 해도 대륙 전체가 몸살 걸린다는 4대 상단주 자리에 턱 하니 앉으셨으니, 올해는 좋은 일이 생기지 않겠습니까, 파울러 상단주님?"

"아, 또 그게 그렇게 되는 겁니까. 하하하."

집행관은 입찰 참가자들을 바라보며 일일이 손을 흔들어 주다가 끝에 앉아 있는 토마스를 바라보며 고개를 갸우뚱했다.

"자, 그럼 성력 2015년 제국 아카데미 물품 납품을 위한 경쟁 입찰을 시작하도록 하겠습니다. 모두 앞으로 나오셔서 입찰표를 받아 가십시오."

경매 집행관을 제외한 모든 사람들이 앞으로 나가 종이를 받아온다.

상단에는 사업자 번호와 입찰자의 이름, 주민 번호를 적는 공간이 있고 아래에는 물품과 입찰 가격을 적는 공간이 비워져 있다.

땡! 땡!

본관 옆 시계탑에서 2시 정각을 알리는 종소리가 울려 퍼졌다. 집행관은 조끼 안에 금줄로 연결된 포켓 워치를 꺼내 시간을 확인하고 입을 열었다.

"지금부터 공개 입찰을 시작하겠습니다. 나눠드린 입찰서에 가격을 2시 30분까지 적어 주십시오. 참고로 허위 기재시 경매 보증금은 환수되오니 신중하게 적으시기 바랍니다.”

포켓 워치를 왼손에 쥐고 있는 집행관의 신호와 함께 입찰 참가자들의 손이 바쁘게 움직인다.

토마스의 손도 천천히 움직였다. 지난밤에 아카드와 의논한 대로 한 치의 오차도 없이 빈칸을 메워나갔다.

10분 정도의 시간이 지났을까?

이른 시간에도 사람들이 하나씩 일어났다. 그들은 집행관에게 다가갔다.

집행관에게 입찰서가 봉인된 봉투 겉면에 확인 도장을 받고 입찰함에 집어넣었다.

15분이 지났다.

회의실에는 토마스와 오늘 경매 집행관으로 임명된 아카데미 학생처장 둘밖에 없었다. 집행관은 토마스를 바라보며 고개를 흔들었다.

‘어차피 한 물품도 납품하지 못할 텐데, 뭘 저리 고민하고 있을까?’

20분이 지났다.

슬슬 학생처장은 지루한지 온몸을 비틀며 허리를 좌우로 흔든다.

토마스의 눈은 입찰지에 고정되어 있고 몸은 아무런 미동도 없었다.

25분이 지났다.

'이럴 줄 알았으면 책이라도 가져올걸.'

집행관의 이마에 깊은 주름이 잡혔다. 그는 살짝 짜증스러운 목소리로 물었다.

"아직 멀었나?"

"아! 죄송합니다. 아직 한 종목이 고민이라 시간이 길어진 것 같습니다. 조금만 기다려 주십시오."

"아! 참, 나! 어차피 고민해 봤자 아무 소용없을 텐데."

"말씀이 이상합니다. 고민해 봤자 소용없다니, 무슨 의미인가요?"

"그……"

집행관은 짜증 때문에 마음속에 있던 말이 튀어나왔다. 그러나 담합을 밝힐 수는 없기에 고함을 버럭 지르며 무마시키려 했다.

"오늘 회의실에 있던 상단주들을 보지 않았나! 이런 규모의 입찰은 신생 상단이 감당할 수 있는 규모가 아니야.

당신을 위해서 하는 말이니 너무 고깝게 듣지 말게나."

제한시간 30분이 다 되었다.

"이리 내!"

집행관은 토마스가 일어나기도 전에 그의 입찰 봉투를 움켜쥐고 확인 도장을 대충 찍더니 입찰함에 구겨 넣었다.

"내가 가만히 생각해 보니 이상해. 일부러 나 골탕 먹으라고 시간을 끈 것이냐?"

"설마요. 저 같은 작은 상단의 상단주가 어찌 감히 집행관님께 무례를 범할 수 있겠습니까?"

토마스는 특유의 웃음을 보이며 집행관에게 다가갔다. 그는 집행관의 귀에 입을 갖다 대며 조용히 속삭였다.

"왜 계속 반말이야?"

"뭐?! 이 자식 보게."

"너 같은 더러운 부모 둔 적이 없는데. 어디서 자식이래?"

"허! 허! 허! 상단주들이 미친놈이라고 부르기에 믿지 않았건만 사실이었구나!"

"미친놈은 네놈이고. 나라의 녹을 먹는 제국 아카데미 학생처장이란 놈이 시민들을 속인 것으로도 모자라 새파란 학생들 피까지 빨아먹으려고?"

"뭐, 뭐?! 경비병! 여기 미친놈을 당장 끌어내라!"

"증거인멸을 하시겠다?"

"경비병들! 저 미친놈을 여기서 밟아 버려."

집행관의 명령에 경비병들이 움찔했다. 아카데미 내에서는 기사학부 훈련을 제외한 모든 폭력이 금지다. 특히 레이놀드 총장은 교내 폭력 사건이라면 질색을 한다.

경비병들에게 명령을 내리는 집행관은 아카데미 학생처장이다. 누구보다 학칙을 지켜야 할 자가 앞장서서 어기라고 하니 경비병들은 이러지도 저러지도 못하고 눈치만 본다. 일반인에게 폭력을 가하라고 하자 선불리 움직일 수 없었다.

"하지만 교내에서 폭력은 금지라고……."

"내가 누군지 몰라? 나 학생처장이야! 해고당하기 싫으면 밟아 버려! 한 군데라도 성한 곳이 보이면 네놈들은 해고야!"

학생처장의 협박에 어쩔 수 없이 창대를 들어 내리치려고 할 때 회의실의 잠겨 있던 뒷문이 열렸다.

"어느 새끼가 내 허락도 없이 들어와!"

천천히 문이 열리고 학생처장도 잘 아는 인물이 들어왔다.

"학생처장, 당신 돌았나?"

"총장님……. 죄송합니다, 제가 몰라 뵙고."

"그럴 수도 있지. 지금 제정신이 아닐 거야? 당황스럽기도 하겠지?"

"하. 하. 하. 아닙니다……."

"이제 입찰 발표 차례인가?"

"그렇습니다……."

"밖에 서 있는 상단주들 다 들어오라고 해."

레이놀드 총장은 경비병들에게 말했다.

잠시 후, 입찰서를 제출하고 나간 사람은 9명인데 들어오는 사람은 두 사람이다.

월 상단의 신임 상단주로 임명된 파울러와 A&M 투자상단 신임 상단주 토마스.

공교롭게도 두 신임 상단주가 레이놀드 총장 앞에 나란히 섰다.

"다른 사람은 어디로 갔나?"

"복도에 다른 분들은 보이지 않았습니다."

"들러리구만. 그 녀석이 말할 때 설마설마했는데, 이 정도로 썩었나?"

레이놀드 총장은 혀를 차며 먼 하늘을 바라보았다.

"학생들에게 혜택을 주기 위해 만든 것이 도리어 피를 빨아먹는 도구가 되고 말았군."

파울러는 당당한 개선장군처럼 어깨를 쭉 펴고 들어오다가 탄식하는 노인의 모습을 발견했다.

"집행관님, 이분은 누구십니까?"

집행관은 눈짓으로 파울러에게 도망치라고 몰래 신호를 주려고 했다. 하지만 토마스가 둘 사이에 끼어들어 신호 보내는 것을 원천 봉쇄하였다.

"나? 그냥 지나가던 동네 노인일세. 집행관, 결과 발표하시게."

"누……구십니까?"

적극적으로 자신의 편을 들어야 할 집행관은 가만히 있고, 노인은 자신이 누군지 알고 있는 눈치인데도 전혀 거침이 없다.

"나? 매일 아침마다 할 일 없어서 아카데미에 놀러오는 독거노인. 노인네 상처 건드리니까 속 시원하냐? 이 새끼 빨리 치워 버려!"

노인의 말 한마디에 아카데미를 지키고 있던 경비병들이 파울러를 끌고 갔다. 그는 어떻게 해서든지 이 상황을 모면하기 위해 집행관을 쳐다보았으나, 야속하게도 집행관은 고개를 돌렸다.

"집행관! 뭐라고 말 좀 해주시오!"

파울러의 허무한 결과를 지켜보던 토마스는 고개를 돌려

5년 전보다 훨씬 노약해 보이는 총장을 바라보며 고개를 숙였다.

토마스는 지금이라도 총장님께 달려가 인사를 드리고 싶었다. 자신의 예전 모습을 기억해 주는 몇 안 되는 사람이기 때문이다.

그러나 토마스는 아카데미 입구 쪽으로 과감하게 몸을 돌렸다. 그리고 훗날을 기약했다.

지금 나타났다가 그가 살아 있는 것이 소문나면 아카드가 곤란을 겪을 수도 있기 때문이다.

'총장님, 건강하십시오. 언젠가 누명이 벗겨지면 찾아뵙겠습니다.'

서둘러 대문을 빠져나가는 토마스의 얼굴이 그 어느 때보다 즐거워 보였다.

* * *

도서관에서 외모만으로 눈에 띄는 두 남녀가 몇 시간 전과는 전혀 상반된 표정을 지었다. 에레나가 손을 잡아 줄 정도로 긴장하던 아카드는 평온한 표정으로 시험 공부에 집중하는 모습이다. 반대로 책상에 엎드려 있는 에레나의 표정은 심각하다. 그녀의 보석 같은 에메랄드빛 눈동자가 쉴 새 없이 흔들리며 깊은 생각에 빠져 있다.

'이상하다. 3시에 발표가 났어야 하는데, 왜 5시가 넘어가는데도 왜 아무런 소식이 없지? 설마 떨어졌나?'

에레나가 빠르게 아카드를 노려보았다.

'그런데 저 인간은 갑자기 왜 저렇게 평안하지? 자기 상단이면서 완전 태평하네. 설마 포기했나?'

에레나는 고개를 세차게 흔들었다.

'아니야. 자폭했으면 자폭했지, 절대 남한테 뺏기는 인간이 아니지. 상황을 모르니 너무 답답해! 안 되겠어. 내가 직접 내려가 봐야겠어.'

에레나가 갑자기 벌떡 일어났다.

"어디 가? 선. 배."

"차 한잔 마셔야겠어요."

"어디?"

"1층 구내 찻집이요."

"같이 가지."

아카드는 차분히 가지고 온 노트와 교재를 가방에 넣었다.

* * *

1층에 본관에 마련된 제2 강의실.

"총장님, 아무리 그래도 4대 상단주인데…… 후환이."

"너도 참 걱정도 팔자다. 상황에 따라서는 네가 개보다 더 심각해. 잔소리하지 말고 얼른 입찰함이나 열어봐. 궁금해 죽겠다."

집행관은 총장의 협박 아닌 협박에 몸이 떨리기 시작했다.

덜덜덜.

집행관은 떨리는 손으로 입찰함의 자물쇠를 열었다.

총장은 입찰함에 있는 입찰서를 꺼내더니 무언가를 지시했다.

총장의 지시를 받은 학생은 10분도 안 되어 품목별로 최소 가격을 적어 낸 상단의 목록을 뽑아 한 장의 종이로 정리했다.

학생은 경매 집행관을 맡은 학생처장에게 낙찰 상단 목록을 전했다.

"읽어 봐!"

"식료품, 월 상단 낙찰!"

"야채 및 식재료, 월 상단 낙찰."

.

.

.

.

예상한 대로다.

설마 아카데미에서까지 추악한 짓을 할까.

아카드의 제보를 믿지 않았던, 아니 외면하고 싶었던 총장은 추악한 진실 앞에 고목나무처럼 바싹 마른 손으로 얼굴을 가리고 한숨을 내쉬었다.

"계속 읽어."

"구리 식기, 윌 상단 낙찰! 도서, 윌 상단 낙찰!"

.

.

.

.

제국 아카데미 2015년에 사용할 모든 물품을 윌 상단이 독식하고 있는 가운데 마지막 품목만 남았다.

"마지막 아카데미 구내식당과 매점에 맥주를 납품할 상단은……."

"또 윌 상단이야?"

레이놀드 총장의 짜증 섞인 질문에 생애 마지막 업무를 집행하고 있는 학생처장은 의외라는 표정으로 발표했다.

"2015년 아카데미……."

"이 새끼야, 결과만 말해. 조금이라도 늦게 잡혀 가려고 지능적으로 시간 끄는 거 보소."

"맥주, A&M 투자상단 낙찰."

A&M 투자상단이 제국 아카데미에 맥주 공급자로 선정되었다는 소식을 끝으로, 학생처장은 제국 아카데미에서 영원히 추방되었다.

* * *

모두가 평온한 주말의 오후.

아카드는 따로 마련한 맨션에 한가롭게 누워 승자의 여유를 만끽하고 있었다.

4대 상단의 고유 영역으로 여겨졌던 아카데미 입찰 경쟁에서 신생 상단이 승리하는 기적과 같은 일이 벌어진 것이다.

아카데미 입찰 경쟁에서의 승리로 A&M 투자상단은 상단계에서 일약 스타가 되었다.

"아카데미 입학이라는 악재가 호재로 바뀔 줄이야."

다사로운 봄날의 햇빛에 아카드의 눈이 스르르 감기려는 순간.

"누구냐!"

아카드가 침대에서 일어나 고함쳤다.

누군가가 번개 같은 솜씨로 창문을 통해 들어오는 기척을 느꼈는데 벌써 사라지고 없었다.

대신 책상에 네모난 선물 상자가 놓여 있었다.

"내 몸에 무슨 일이 일어나고 있는 거지?"

요즘 이상하게 사람들의 기척이 잘 느껴진다. 사람들 사이에서 누군가 아카드를 주시한다면 단번에 찾아낼 수 있을 정도다. 거기다가 드워프 선술집에서 기사의 칼을 막아낸 것 등 종종 일어나는 비이상적인 현상은 결코 정상이 아니다.

"마리아드 단장에게 진찰 한번 받아야겠어."

마리아드 단장은 모건 가문의 유일한 치료사이자 마법단장을 맡고 있는 엘프다. 4대 가신 중 하나로 지금은 아버지인 모건 백작을 대신해 영지를 운영하고 있다.

"저건 뭐지?"

아카드는 눈살을 찌푸리며 책상으로 다가갔다.

선물 상자의 뚜껑을 열자 검은 케이스 하나가 들어 있었다.

"4대 상단 측에서 나를 암살하려고 이상한 물건을 보낸 것은 아니겠지?"

의심은 들지만 자꾸만 호기심이 생긴다. 본능이 케이스

를 열어 보라고 아우성치는 느낌이다.

검은 케이스를 조심스럽게 열자 양손을 모아야 들 수 있을 만큼 커다랗고 투명한 구슬이 햇살을 받아 눈부시게 빛을 발하고 있었다.

"뭐지? 마법 연락구슬은 아니고……."

투명한 구슬에서 내뿜는 기운이 범상치 않아 보인다. 마법과 관련된 물건 같은데 위험해 보이기도 하고 함부로 다루면 큰일이 벌어질 것 같은 느낌이 든다.

"가문에 마법사를 보내 달라고 연락해야 하나?"

아카드는 구슬을 바라보며 망설였다.

이성은 안전하게 구슬의 용도를 확인하라고 하는데, 본능은 자꾸만 만져 보라고 말한다.

"미치겠네. 이건 내 방식이 아닌데."

아카드의 방식은 항상 계획을 세우고 변수를 줄여 나가는 스타일이다. 그런데 잠시만 정신을 놓으면 본능이 튀어나와 자신의 손을 구슬 쪽으로 향하게 한다.

이런 적은 처음이다. 구슬을 보자마자 심장이 두근거릴 정도다.

"잠시 만져 보는 건 괜찮겠지?"

아카드의 손이 구슬 쪽으로 점점 향한다.

두근거리는 마음을 진정시키고 조심스럽게 구슬을 양손

으로 감쌌다.

"괜찮은데?"

서늘한 기운이 양손을 감싼다. 마침 열려 있는 창문에서 가벼운 바람이 아카드의 양손을 휘감아서 그렇게 느껴지는지도 모른다.

아카드가 구슬에서 전해지는 기분 좋은 서늘함에 만족하고 있을 때, 햇빛을 머금고 있던 구슬에서 빛이 뿜어져 나왔다.

"뭐야!"

뭔가 불길한 느낌에 아카드가 황급히 손을 떼어 보려 하지만 꼼짝도 안 한다. 도리어 구슬이 자신의 손을 빨아들이는 것 같다.

구슬에서 뿜어져 나온 빛들이 아카드의 몸 구석구석을 강타하기 시작했다.

아카드는 자신도 모르게 몸을 부들부들 떨었다. 입술이 파래지고 안색이 창백해졌다.

그리고…….

쾅!

굉음과 함께 아카드의 몸속으로 들어갔던 빛들이 아카드의 머리를 향해 솟구쳐 올랐다.

"으으으으윽."

아카드는 머리를 강타하는 극심한 고통에 정신을 잃었다. 서 있던 아카드의 신체가 바닥을 향해 쓰러지기 시작했다.

그 순간 창문 밖에서 바람들이 몰려와 아카드의 몸을 감싸더니, 바닥에 부딪히려는 아카드의 신체를 받치고 천천히 바닥으로 내려놓았다.

바람은 한동안 아카드 곁에 회오리치며 머물더니 기괴한 소리를 내며 사라졌다.

"아이, 썅! 이래서 인간이랑 계약하면 안 돼!"

〈다음 권에 계속〉

DREAMBOOKS

DREAMBOOKS

DREAMBOOKS★

DREAMBOOKS